集英社オレンジ文庫

クローディア、お前は廃墟を彷徨《さまよ》う暗闇の王妃

仲村つばき

本書は書き下ろしです。

クローディア、お前は廃墟を彷徨う暗闇の王妃

Contents

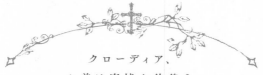

クローディア
エルデール修道院に暮らすシスター。
光を厭う金の瞳をいつも隠している。
空想癖があり、力持ち。
イザベラ
王太后であり、
三人の王たちの産みの母。
ウィル
アルバートの王杖。
アルバート
有能にして尊大な〈青の陣営〉の王。
花嫁を捜している。勘が鋭い。
クローディア、
お前は廃墟を彷徨う
暗闇の王妃
Character
イラスト／藤ヶ咲

サミュエル
アルバートの弟にして、〈緑の陣営〉の王。
ギャレット
ベアトリスの王杖。
エスメ
サミュエルの王杖。
ベアトリス
アルバートの妹にして、〈赤の陣営〉の女王。

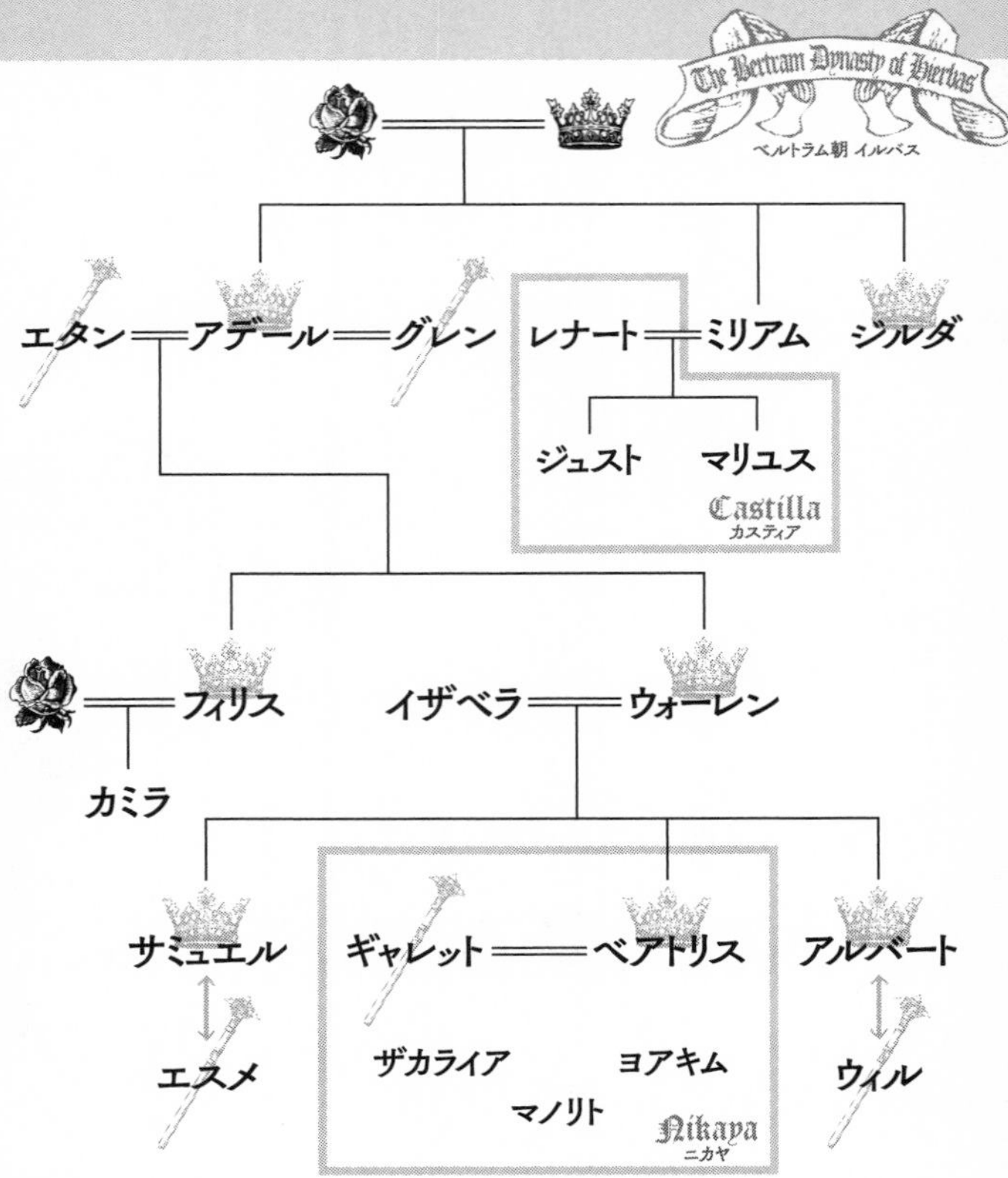

Story

大陸の北、一年のほとんどを雪に閉ざされる厳冬の国・イルバス。革命により王政が倒され、不遇の少女時代を送ったアデール王女は隣国カスティアとの戦渦の最中、異例の戴冠を果たす。それから数十年――王国はアデールの遺言のもと、ベルトラム朝の血族達による『共同統治』が行われ、平和な治世が続いていた。しかし「王家の血統を継ぐ全ての者が王位を継承する」という仕組みには問題も多く、王宮では様々な思惑が絡み合い、時に国全体を巻き込む嵐を生んでいく……。

クローディア、お前は廃墟を彷徨《さまよ》う暗闇の王妃

プロローグ

修道院に夜の帳《とばり》が下りる。女はいつも、暗闇の中を歩く。

突風がフードをまきあげ、彼女の髪をさらっていった。凍《こご》えるように冷たい風はいつのまにか、いくぶんか柔らかなものに変わっている。

女——クローディア・エドモンズは新たな春の到来を知った。

「……また、わたくしはここにひとり」

フードが肩に落ちる。夜は恐れない。

わたくしが真におそれるのは、この身を焦《こ》がすような残酷な太陽の光のみ。

月明かりがクローディアを照らす。金色の左目が、不気味な光を宿している。

彼女の手にカンテラはない。

隠者には、暗闇がふさわしいのである。

第一章

イルバス王宮、青のサロン。

国王アルバートはどかりと椅子に座りこみ、テーブルに足を乗せている。

アルバートの機嫌はすこぶる悪い。賢明な家臣たちはすぐさまそれに気がつき、背筋を正してかしこまった。

「国王陛下」

アルバートの一の側近――ウィル・ガーディナーが身をかがめてたずねる。

「本日の召集について、みなに説明してもよろしいですか」

アルバートは緊急召集と称して、己《おのれ》の家臣をこのサロンに集めた。

青の陣営は、イルバスの軍事の大部分を担《にな》う。

仰々《ぎょうぎょう》しく顔を揃《そろ》えた軍人たち。アルバートはそのひとりひとりにするどい眼光を向ける。

「いや、俺から話そう」

アルバートはため息をついて立ち上がった。

青のマントをひるがえし、うろうろと部屋を歩き回る。

この王は、機嫌が良いときもそうでないときも、じっとしていることが片時もないのだ。

低く、よく響き渡る声で、彼は語り始める。

「みなも知っての通り。俺の弟、サミュエルが戴冠《たいかん》した。イルバスの国王はこれで三人。それに三人の王杖《おうじょう》が揃ったというわけだ」

イルバスという国の王のあり方は、他国に比べれば異質である。

王が三人。王家の血統を継ぐ全員が王位を継承し、国を統治するというのだから。

姉妹で熾烈《しれつ》な争いを繰り広げたアルバートの祖母・アデール女王は、遺言を残した。べルトラム王家の子どもたちは、共同統治によって国を治めよと。

きょうだいの数が多ければ多いほど、国の統治は複雑化する。

現在王となるのはアルバート、そして彼の妹のベアトリス、弟のサミュエルである。

三つの王冠が、イルバスの中心に戴《いただ》かれる。光りかがやく黄金の輪、それは祝福となるのか……それとも。

「俺はきょうだいの誰よりも早く王になった。実績を重ね、信頼を得て、お前たちのような優秀な家臣を手にしてきた」

アルバートの軍靴《ぐんか》の音が響く。

ウィルは王の椅子のそばに立ち、歩き回る王を視線で追っている。

「以前から再三口にしていることだが、俺は共同統治には反対だ。複数の王による統治は国をいたずらにひっかきまわすだけ。しかし王が俺ひとりでない以上、この制度を一方的に撤廃することはできない――」

アルバートは肖像画の前で足を止める。

賢王アデールと、彼女の最初の夫グレンを描いた肖像画である。

複数の王冠が許される時代。

ならば各々《おのおの》の王の力に差が出るのは当然。

「この俺が、唯一絶大の力を誇る王だと知らしめよう」

他の王がかすむくらいの、圧倒的な強さ。

それはアルバートがかねてから追い求めている、理想の国王像である。

アルバートは家臣の前で、高らかに言い放った。

「俺はすべてを呑みこむ嵐になる。ベルトラムの頂点で、下のきょうだいたちを呑みこむような大きな嵐にな」

アルバートはみずから豪語するだけあって、王としての資質は申し分ない。政敵は薙《な》ぎ払い、反乱が起きれば鎮圧した。即位するなりその強さとたくましさを示してきた。

「俺が他の王より劣っている点は、なにひとつとしてない。だが後《おく》れをとりかねない案件が存在する。――世継ぎだ」

赤の陣営の女王、ベアトリスは王杖のギャレットと結婚した。

緑の陣営の王、サミュエルの王杖はエスメ・アシュレイル。彼女はイルバス史上初の女性の王杖である。

王の側近は『王杖』と呼ばれ、イルバスで公爵位《こうしやく》を得て、強大な権限が与えられる。王の許しさえあれば、代理で国璽《こくじ》を押せる重要な役割だ。それだけでなく、女王の王杖はすなわち王配《おうはい》となり、配偶者として王を支えてきた。サミュエルもその例にならって、いずれエスメを妻に迎えるつもりなのだろう。

もっとも早く世継ぎを得るのは、すでに伴侶《はんりよ》を得ているベアトリスになりそうだが、彼女はニカヤ女伯《じよはく》も兼任しており、多忙の日々だ。王が三人もいれば急いで世継ぎを作る必要はないと、他ふたりの王はのんびり構えているふしがある。

「俺には世継ぎが必要だ。俺の勢力を拡大させてくれるような優秀な子どもたちが。どうせ王の子は全員が王になれるのだ、この国を青で染め上げ、この共同統治を撤廃してやろう」

アルバートの子どもたちが、他の王たちを圧倒する。

そうすれば共同統治制度は、事実上青の陣営の支配下に置かれるだろう。アルバートは摂政《せっしょう》として子どもたちを裏から操り、玉座《ぎょくざ》を掌握《しょうあく》する。

「――つまり、陛下は奥方を必要とされています」

ウィルが口をひらくと、家臣たちは色めき立った。

年頃の娘がいる者たちにとって、またとない出世の機会である。我が娘が王妃となれば、身の安泰《あんたい》は約束されたようなもの——。彼らは期待を込めたまなざしで王を見つめる。

「条件はただひとつだ」

アルバートは尊大に言った。

「醜女《しこめ》だろうが陰気だろうが構わん。誰よりもたくさんの健康な世継ぎを産める丈夫な女。見つけ次第、すぐさま俺のもとへ連れてこい」

家臣たちはひざまずいて、王の命令に従った。

こうして、国王アルバートの花嫁捜しが始まったのである。

＊

黒髪を揺らし、少女は凛《りん》とした声をあげる。

「——それでは、本日の議題について説明します。新設する缶詰工場について、みなの意見を聞きましょう。まずはベアトリス陛下から受け継いだ第一の工場について報告を——」

国王サミュエルが率いる緑の陣営では、定例議会が行われている。

だが家臣たちはそわそわと落ち着かない。

エスメが声をあげても、体を揺すったり隣の席の者と目配せをし合ったりして、彼女の一挙手一投足《いっきょしゅいっとうそく》に対し物言いたげなそぶりである。

エスメは咳払いをした。

「第一の工場について報告。ガウチ伯」

「欠席のようです」

「なんだって？　理由を知る者は？」

エスメは眉をひそめる。彼らは呼びかけても何も応《こた》えない。

本日の議題は、ガウチ伯がいなければ始まらない。

緑の陣営が統治するイルバス西部地域に、缶詰工場を新設する。それにあたり、現工場の問題点を押さえておかなくてはならないというのに――。

安定した食糧の供給は緑の陣営にとっての第一の課題である。

もとよりこの缶詰工場は、ベアトリス女王の発案で作られた国営工場であった。

冬は寒さがいちだんと厳しくなるイルバス。保存食は国民が無事に生き延びるためになくてはならないものである。

これまでイルバスの保存食は肉や野菜を壺やガラス瓶に入れ塩漬けにしたものが主流であったが、運搬中に容器が破損したり、容器がかさばる分、保管場所を取ることがかねてより問題となっていた。

ベアトリスの専門分野は工業。彼女はみずからの知識と配下たちの協力を得て、缶詰工場をイルバスに作り上げたのである。

第一の工場は特に食糧事情の厳しいイルバス北西部——ベアトリスの弟・サミュエルの統治する西部のなかでも、ベアトリスの治める北部に近い地域だ——に作られ、そこで製造された缶詰は軍の携行品にも加えられることとなった。

とはいえ、缶詰工場の運営はまだまだ万全とは言いがたい。先日も大寒波の襲来によって、製造を止めなくてはならなくなってしまった。とどこおりなく商品を流通できるようになるには、もう少し時間がかかりそうだ。

（これが、我が陣営が主体となる初の新設工場の試みだっていうのに……）

同じ轍《てつ》を踏まないためにも、今日は忌憚《きたん》ない意見が飛び交うはずだと、意気込んでいたのだが……。

「缶詰工場について、意見のある者は？　遠慮せずに手をあげて」

家臣たちはたがいに様子見をし合っている。

ひそひそとささやくような声が聞こえるだけで、誰もエスメに向かって意見をぶつけてくる者はいないのである。

（どうしよう……）

エスメはちらりと王の様子をうかがった。

サミュエルは目を閉じ、腕を組んでいる。しかし肘《ひじ》の上に置かれた人さし指が苛立《いらだ》ったように上下していた。

「おい。不満があるならなにか言え」

そのとき、テーブルにこぶしを打ちつけたのはフレデリック・モリスである。

貧乏な伯爵《はくしゃく》令嬢であったエスメがわけあってその正体を隠し、サミュエルのもとへ向かったときから——フレデリックとはいろいろと悶着《もんちゃく》はあった。だが占い師ノアをめぐる事件によって和解し、今は同じくサミュエルを支える仲間だ。

「なんのために集まっているんだ。ここでだんまりを決めこむためか?」

「フ、フレデリック、それくらいで」

エスメの兄であるクリス・アシュレイルは「げっ」と小さくげっぷをして、あわてて口元を押さえた。場の空気がぴりぴりとしているので、緊張してしまったらしい。

「時間の無駄だ。言いたいことがあるならここではっきり言っておけ。今なら王も耳をかたむけてくださるぞ」

フレデリックの言葉に、エスメは奥歯をかみしめた。

——わかっている、私が原因だ。

女の王杖の誕生に、すべての貴族が納得したわけではない。サミュエルが決めたことだとはいえ、内心多くの家臣たちが気に入らないと思っているはずである。

「意見を……」

エスメは乾いたくちびるで続けた。

「この議会に対するものでも、それ以外でもいい。なにか意見を」

「それでは、お言葉に甘えて。サミュエル国王陛下、彼女を王杖に選ばれた理由をお聞かせ願いたい」

手をあげて立ち上がったのは、クーツ卿《きょう》である。

彼は神経質そうな細いひげをはやした男だった。ノアの爵位売買事件が解決したことで、ごく最近緑の陣営に戻ってきたのだ。彼の予想通りの質問に、エスメは渋面《じゅうめん》になる。

「百歩譲って、アシュレイル家の者を王杖に据えるとしましょう。ならばそこにいるクリス・アシュレイル卿がふさわしいのではないですか？」

クリスがびくびくとしながら、サミュエルとエスメを交互に見る。

アシュレイル家の跡継ぎは長男のクリスだ。

「あ、あの……僕はもともと王杖のような、表舞台に立つような役職など向いておりません。それに妹は国のために尽くしたいという気持ちはひと一倍強いのです。サミュエル陛下も、そのあたりのことを評価してくださって……」

「貴殿の意見は聞いていない」

「はい、すみません。げっ」

緊張するとげっぷが止まらなくなってしまうクリスにしては、がんばったほうである。

「他の王の承認を得る前に、せめて我々にご相談いただいてもよかったのでは？　彼女がサミュエル陛下の代わりに国璽を押せるほどの立場になるというのなら」

王杖は、王の代理で国璽を押すことのできる人物である。サミュエルがなんらかの理由により国璽を押せない状況となったとき、国の事案はすべてエスメが判断し、決定をくだすこととなる。

「失礼ながら、アシュレイル女公爵が王杖になるほどの見識や経験をお持ちとは、到底思えないのですが」

「それは……」

そのとき、クーツ卿のそばにいた男が立ち上がった。

「貴様はノアに爵位を売った立場だろうが。彼女の活躍で戻ってこられたというのに、厚かましい」

「な……」

「甘言《かんげん》に乗せられて、そうそうに国民を見捨てたのだろう。貴様がこの席に座っていられるのはサミュエル陛下と王杖のアシュレイル女公爵のおかげだとわからんのか」

「お前こそ、女の王杖など前代未聞《みもん》だと言っていたではないか。この場でごますりを始めるとは」

「国民と陛下を裏切った者に言われたくはない」

騒がしくなった彼らに、エスメは「あの、静粛《せいしゅく》に！」と声をあげるが、誰も聞いていない。

「――そこまでにしようか」

なりゆきを見守っていたベンジャミン・ピアスが片手をあげる。場はしんと静まり返った。

エスメはくやしかった。ベンジャミンがたったひとこと、言葉をかけただけでこうも反応が変わる。

ベンジャミンは赤の陣営・ベアトリス女王の配下にあたるが、親交国ニカヤへと渡った女王との連絡役として、緑の陣営に籍を置いている。

「エスメ・アシュレイル女公爵はたしかにまだまだ発展途上の身。立派な王杖となるべく手を引いてさしあげるのも、あなたがた先達《せんだつ》の家臣のつとめだろう」

「ですが……」

「誰もはじめから立派な為政者《いせいしゃ》になどなれはしない。王とてそうだ。見識はともかく、経験はこれから積むものだ。そのために私たち年長者がそばについているのではないのかね」

ベンジャミンが静かに言うと、彼らは顔を見合わせる。

「それに、ノアの件についてはもう言うのはよそう。爵位を売った者がいるのも事実だが、それによって争いが起こるのは我々の望むところではないはずだ」

占い師ノア。サミュエルの母、王太后《おうたいごう》イザベラにまやかしをほどこし、緑の陣営にその魔の手を伸ばそうとしていた男。

彼はイザベラを操り、サミュエルから王冠を取り上げようとした。緑の陣営の貴族たちを金銭と引き換えに己の配下と入れ替えていたのだ。少し前までこの陣営は、ノアの息のかかった者たちによって議席の多くが占められていたのである。

サミュエルは離宮《りきゅう》に監禁され、国璽は奪われた。彼を助けるべく乗りこんでいったのが、エスメとクリス、フレデリックの三名。サミュエルは無事に保護され、国璽を取り戻すことができた。

「なぜこいつを選んだか。——理由を知りたいと言ったな」

サミュエルは静かに目を開けた。

苔《こけ》のようなまだらな緑の瞳。祖父であるエタン王配から受け継いだ、思慮深いまなざしである。

「僕が王であるために必要だと思った。以上だ。単純明快な答えだろう。理解できない者、不満のある者がいるのは承知だ。お前たちにいちいちお伺《うかが》いを立てていたらこいつを王杖にすることは叶《かな》わなかったので、兄さまと姉さま、ふたりの王だけに承認をとった」

「サミユエル陛下」

「エスメ・アシュレイルの王杖就任に文句をつけるということは、僕を含める三人のベルトラムの王たちに不服を申し立てるということと同義だ」

「そ、そのようなことは……」

クーツ卿は、あわてて平伏する。

「不満があるなら努力しろ。エスメから王杖の座を奪い取れるくらいの男になれば、一考してやらないでもない。くだらん足の引っ張り合いをしているうちは無理だろうがな」

サミユエルは立ち上がった。

「ガウチがいないなら仕方がない。今後僕に無駄な時間をとらせるなと伝えておけ。缶詰工場の責任者は別の者に替える」

「陛下……」

「エスメ、行くぞ」

サミユエルは立ち上がり、会議の間を出ていく。エスメはあわてて彼を追いかけた。

「陛下、お待ちください。まだ議会が……」

「これ以上は時間の無駄だろう」

「でも……私のせいで……」

「お前のせい？」

サミュエルは立ち止まらない。エスメは小走りになる。

「私が王杖であることに不満だから、ガウチ伯は欠席されるし、クーツ卿もあのような意見を……」

知っている。自分がなんて言われているかなんて。

頼りない、ということなら事実だし、それは認めざるを得ない。最悪なのはサミュエルをたぶらかした女と言われることだ。

自分を王杖にすることで、サミュエルが「まともな判断能力を失ってしまった」と評される。それはエスメにとって我慢ならないことだった。

サミュエルはため息をつく。

「王の僕が堂々としているのに、お前が卑屈でどうする」

彼はふりかえり、エスメの眉間《みけん》をひとさし指でこづいた。

「いたっ」

しわの寄った眉間をぐりぐりとほぐされ、エスメは後ずさる。

「ちょ、ちょっと、陛下」

「いちいち気にするな。こうなることは予想できたはずだ。お前がおどおどしていると、僕が決断を誤ったように見えて不愉快だろうが」

サミュエルは目をつり上げている。

「すみません」

「議会の日程を再調整しておけ。今頃ピアスが釘を刺しているだろうから、次はみなおとなしくなるだろう」

その言葉に、エスメの胸がざわめく。

――私、ピアス先生に頼りっぱなしだ。

いつまでもこのままでは、エスメではなくベンジャミンが事実上の王杖のようになってしまう。

「陛下、私……」

「心配しなくとも、王杖を替えるつもりはない」

「そういう心配ではないのです。でも……」

サミュエルは嘆息《たんそく》して、エスメの黒髪に触れた。

不機嫌そうに、彼は顔をしかめている。

「お前は、バカ面晒《づらさら》してるくらいでちょうどいいよ」

サミュエルはそのまま去っていってしまう。エスメは軍服の胸元をにぎりしめる。

自分が不出来のままでは誹《そし》りを受けるのはサミュエルである。

この陣営で生きると決めた。そしてこれから進む茨《いばら》の道をかきわける者は、エスメひとりではないのだ。

フレデリックも、クリスも、この状況を歯がゆく思っているだろう。

私という存在が、不必要に茨の棘《とげ》を増やしているのかもしれない。

仲間の足を引っ張りたくない。

(どうしたらいいのだろう)

エスメは途方に暮れて、立ち尽くした。

＊

イルバス東部、悠然《ゆうぜん》と連なるシオン山脈の中腹に、聖エルデール教会は建っている。

二百年の歴史を誇るこの建物は、冷たい山風に晒され、灰色に色あせていた。

ひび割れた地面をふみしめ、信徒たちは教会を目指す。

ミサのため。告解《こっかい》や祈りのため。子どもたちが読み書きを教わるため。炊き出しや週末の小さな市場を利用するため。辺鄙《へんぴ》な場所に建っている教会ではあるが、村人たちにとってはならない心のよりどころであった。

教会のそばにはこぢんまりとした女子修道院。シスターたちは主《おも》に薬草採《と》りや病人たちの看護を奉仕活動とした。

静謐《せいひつ》な環境は人々をより厳粛《げんしゅく》にさせる。もとより人里離れたこの場所に女子修道院を建てたのは、女たちを俗世の誘惑から遠ざけるためであったとか。

シスターの生《お》い立ちはさまざまである。

シオン山脈の酪農家《らくのうか》の娘であったり、静かな環境で祈りを捧《ささ》げたいと、遠くの修道院からうつってくる熱心な者もいる。

嫁入り前の娘はここに預けておけば安心と、行儀見習いをかねて修道女とさせる貴族もいる。

そういった女性たちがいっしょくたに共同生活を送り、祈りと奉仕のために働いているのである。

やがて女子修道院のそばには肺病をわずらった人のための治療院が併設された。空気はきれいで肺に良い。そして、辺鄙であるがゆえにこの土地は病人を隠しておくのにおあつらえむきである。

事情があって病《やまい》にかかった家族を家に置いておくことはできない――そのような悩みを抱《かか》えた家長たちが、まるで厄介払《やっかいばら》いでもするかのように、この治療院に病人を預けるようになったのだ。

彼女も、そのひとりである。

「――お嬢さま、今日は曇りです。外に出られませんか」

クローディアはあわてて栗色の前髪で左目をおおうと、布をかぶる。

ノックの音はやわらかく、規則正しい。

エヴァだわ。そして朝。おそれていた朝がやってきたのだ。

カーテンは閉めたままにしてある。彼女は寝台から起き上がり、鏡の前に立つ。ぼさぼさの髪をした陰気な女が、こちらをじっとにらんでいる。

「わたくしはまた寝坊をしたのね。エヴァ」

「朝餐《ちょうさん》はとっくに終わっておりますが、そのようなこと気になさらずともよろしいですよ。マザーもお許しくださっていることですもの」

「ともかく、見苦しくて申し訳ないけれど入ってもらっていいかしら」

「かしこまりました、お嬢さま。お支度を手伝います」

「ここで『お嬢さま』はやめてちょうだい、わたくしもシスターのひとりよ。支度もひとりでできるわ」

「失礼いたしますね」

エヴァはするりと入ってきた。きちんと規則通りに、修道服を身につけて。

幼さの残る表情に、頬に散ったそばかす。エヴァは驚いたり動揺したりすると、そのはしばみ色の瞳を三度まばたきする。

「お嬢さま、目の周りがむくんでおります」

例のごとく三度のまばたきのあとで、エヴァはそう口にした。

「昨晩なにかあったのですか？」

「なんでもないのよ。ちょっと怖い夢を見たのね、たぶん。おぼえてないけれど」

真夜中に散歩をしていたら、風があたたかかった。

春がやってきた。また今年も、無為に月日を重ねたことが悲しくて、泣いていたなんて言えなかった。

「起こしてくだされればよろしかったのに」

「だめよ、あなたと同室のシスター・エリンも起きてしまう」

「マザーったら、意地悪ですよ。私とお嬢さまを別室にしてしまうなんて」

「それが私のためだからよ」

クローディアが生家のエドモンズ家から連れてきた侍女《じじょ》のエヴァは、クローディアに対するお嬢さま扱いがいまだ抜けない。

彼女はクローディアのために共にシスターになってくれた。身分をこえた貴重な友人である。

ありがたくは思うが、エヴァがべったりくっついていてはクローディアのひとり立ちに支障をきたすし、クローディアの生活にあわせていればエヴァは他のシスターたちになじめなくなる。

マザーの判断は当然であると言えた。

「朝のお祈りの時間は終わっておりますが、今日は午後から曇りになるだろうと……昼の奉仕活動に出られるのでしたら……」

「わたくしはいつも通り、治療院の掃除を。まだ村の方々が教会に残っていらっしゃるのでしょう。わたくしが外に出たらみなを驚かせてしまう」

「そのようなこと」

「その仕事もいつまでわたくしに任せていただけるのか……まさか掃除すらまともにできないなんて。雑巾《ぞうきん》は気がついたらびりびりだし、この間も勢い余って箒《ほうき》を折ってしまったし。みなさん口には出さないけれど、なにをまかせてもできない女だとあきれていらっしゃるに違いないわ……。修道院に住む怪物だと、噂《うわさ》になっているかもしれない。どうしたら……」

「お嬢さま、また悪い想像をなさって！　箒はこのエヴァがこっそり始末しておきましたのでご安心くださいませ！」

「こっそり⁉」

クローディアはあわてふためいた。

「証拠隠滅をしたということ……⁉　悪いことをしたのだから懺悔《ざんげ》しないといけないわ。あなたにまで罪を犯させてしまってわたくしは」

「なんでもおおげさに考えすぎなのです、お嬢さまは。ちょっと人より力が強いだけじゃありませんの」

エヴァはあきれたように言う。

エルデール女子修道院での、クローディアのやるべきことは決まっていた。なるべく人目につかないように、治療院をきれいに磨き上げること。そしてみなが寝静まったころ、夜回りをして、ひっそりと祈りを捧げることだった。

本来ならば早朝のミサの参加や、ふもとの村での奉仕活動もシスターのつとめのうちである。

だが、彼女がみずからの行動を制限しているのには理由がある。

髪を櫛《くし》でとかす。前髪を櫛が通り抜けると、その隙間《すきま》から獣のように不気味に光る、金色の左目があらわれる。対して右目は薄紫である。

ああ、どちらも紫色の瞳だったらよかったのに。鏡を見るたびに叶わぬ願いが胸をしめつける。

そうすれば、もっと人の役に立つことができた。お日様の下で思い切り体を動かして。

「せめてこんな見た目でなかったら……」

「お嬢さまの瞳、私はとてもきれいだと思いますけれど……」

「太陽の光を厭《いと》う目など、悪魔のようだわ」

クローディアは物憂《ものう》げに言った。

彼女がこの女子修道院へやってきたのは、名目上は治療のためであった。生まれつき左右の目の色が違うクローディア。そして金色の左目は、太陽の光を極端に嫌っていた。真昼の空の下では焼けつくような痛みを伴う。イルバスでは太陽が照る日は少ないとはいえ、雲間からほんのわずかに射しこんだ光ですらじりじりと目を焼くようなのだから、当然ながら日常生活に支障をきたした。

このような病は聞いたことがない——医師たちはクローディアの症状に首をひねるばかりだった。常に不気味な左の目をすがめて歩くクローディアを、周囲の人々は遠巻きに見るようになっていった。

——まるであの娘は隠者のよう。気味が悪いわ。

母の言葉はするどい棘となって、クローディアの胸に深く突き刺さった。

「不思議なことに、暗いところはよく見えるのよ。ますます自分が悪魔のようでいやになるわ」

奇異な見た目のせいで実家に居場所はなく、人とふれあうこともできなかった。

「こんなわたくしでも、誰かを笑顔にしてみたい。誰かの心にふれてみたい。でも叶わぬ夢ね」

「お嬢さま……」

「両親が肺病でもないわたくしを治療院へ入れると決めたのは、この目のせいだもの」

姉がこんな目をしていては、下のきょうだいたちの婚姻に障《さわ》りがあるかもしれない。母は頭を悩ませた。そしてそのことを、当のクローディアの前で隠そうともしなかった。

（お母さまの気苦労は、わからないでもないわ）

なにせエドモンズ家は、たいそう子だくさんなのである。

長女のクローディアの下には、弟妹が十一人。そして驚くべきことに、まだ母は妊娠中なのだ。はじめのうちは孫の誕生を喜んでいた祖母も、今では子どもたちによってめちゃくちゃな有様となった屋敷の惨状を見るたびに「まあ、まるで悪夢のようね」が口癖となっていた。

そのため、クローディアの妹たちは可及的すみやかに嫁《とつ》ぎ先を見つけなければならなかった。幸い父は青の陣営、アルバート国王気に入りの軍師である。じゅうぶんな所領や財産を与えられている今のうちに、さっさと娘たちをもらっていただこうというわけだ。ぐずぐずしていて持参金を払えなくなったらおしまいである。

社交界に華々しくデビューし、見初《みそ》められた妹たちは次々とエドモンズ家を出ていった。まだ五つの妹レイラと、クローディアを除いて。

「わたくしをいなかったことにすることで、縁談が順調に進むなら結構だわ」

クローディアがまだ生家にいた頃、妹たちは腫《は》れ物にさわるかのように彼女を扱うし、弟たちはいつまでも独り身であろうクローディアの将来にかんして、気が重たそうにしていた。このまま行かず後家となった姉を、誰が面倒を見るかで押しつけ合いになるのは目に見えている。

二十歳《はたち》を過ぎて、社交界に出られるきざしもない。今さらデビューなどしたって、良い笑いものだ。

暗闇の中、自室でじっと本ばかり読んでいるクローディアに、彼女のいちばんの理解者である父が言った。

「少しよそで羽を伸ばさないか。エルデール治療院というところだ。夜は嘘みたいに静かで、お前はゆっくり本を読むことができる」

「そこでわたくしの目は治るの、お父さま?」

「治らないかもしれないが、なに、ここにいるよりはいいだろう。季節ごとに、お父さまがお前に会いに行こう。どうかね。仲良しのエヴァといっしょに」

反対する理由はなかった。肩身が狭い思いをするのは、もうこりごりだったのだ。

クローディアは荷物をまとめて屋敷を出た。すがすがしい気持ちであった。

はじめ治療院での生活は、退屈だった。良くなるはずもないと思いながら苦い薬を飲み、昼の間中ベッドの中でまどろむのはこれまで通りだが、面会時間が終わったのちは出歩くのを禁じられているので、夜も部屋に閉じ込もるしかない。

昼夜逆転生活が常となっていたクローディアにとっては、まさに地獄であった。次第にふさぎこんでゆくクローディアに、「奉仕活動をしてみますか」と声をかけてくれたのは、修道院長、マザー・アリシアである。

クローディアは患者ではなく、シスターとなった。左目の件があるため他のシスターと同じ活動をすることはできなかったが、マザーのはからいで「特例」が許された。クローディアは以前よりはずっと気持ちが前向きになった。

曇り空の日は治療院をすみずみまで掃除した。雑巾を破いたり水桶《みずおけ》を割ったりすることは日常茶飯事であったが、それにもかかわらず仕事を与えてもらえたことに感謝した。

普通の人が明かりを必要とする道のりも、クローディアはすたすたと進むことができる。マザーが夜間の見回りを彼女にまかせることにしたのは、クローディアの特技をなんとか活《い》かせないかと考えたうえでのことだった。

だから、この暗闇のありように文句を言ってはならないのだ。

わかっている。今の自分の状況が、マザーや他のシスターたちのはからいで保たれていることくらい。

普通の娘ならばもっと器用に毎日をこなせる。シスターならばやるべき仕事はもっとたくさんある。クローディアはずいぶん楽をさせてもらっているのだ。

もっとひとの役に立ちたい。昼にきらめく町で、誰かのために祈りを捧げてみたい。

これ以上は望みすぎだと理解しているのに、自分のできることの少なさに、クローディアは毎日ため息をついている。

「ここでだって、わたくしは守られてばかり。みんなに気を遣《つか》わせているわ。エヴァ、あなたがわたくしの面倒を見ていることだって……」

「お嬢さま、そのようなことばかりおっしゃって。奥さまもおっしゃっていたではありませんか。ここで目の治療をして、すっかりご病気がよくなりましたら、きっとすてきな縁談が舞いこみますわ。たとえナンシーさまやエマさまが先にご結婚なされて、グレイスさまとミラさまがご婚約なされたって、クローディアさまの順番はきっと……レイラさまよりは先に！」

「縁談ねえ……」

エヴァはいまだにクローディアの嫁入りをあきらめていない。

クローディアとて昔は、いつ自分に縁談の話があるのか、誰かの妻になってエドモンズ家を出ることがあるのか、それればかり気にしていた気がする。

けれどエルデール修道院に来て、彼女は愕然《がくぜん》としたのだ。

自分にできることの少なさに。人とかかわれることなど、ほんのわずかであるという事実に。

望みのない縁談に思いを馳《は》せるよりも、自分が無力な存在だと思い知ることのほうが、よほど辛《つら》かった。

なにもできない日々は、クローディアを絶望させた。屋敷に閉じこもっていたときは、それでも家族がいた。まったくの孤独ではなかったのだ。

どっしりと構えるシオン山脈。吹きすさぶ風はときに雪をまじえて、人々の体を凍《こご》えさせた。春に植物を芽吹かせてくれたかと思えば、夏は洪水のような雨を降らせて村人たちの生活を脅《おびや》かした。秋の実りはわずかなもので、冬は登山道を凍らせ、修道院を孤立させた。

己がちっぽけな存在だということを、クローディアはシオン山脈で学んだのである。

ここではひとりになりたいと思えば、自分をどこまでも孤独の中へ追いやってしまうことができる。それを避けるために、ひとびとは教会へ向かうのかもしれない。

人間とは世俗と切り離されれば切り離されるほど、誰かの役に立ちたいと願うようになるものらしい。

「エヴァ、次の春が来るまでにはお屋敷へ戻りなさい。グレイスかミラ、どちらかの妹について、嫁ぎ先の新しいお屋敷で仕事を始めるのよ。あなたにとってもそれがいちばん良いはずだわ」

「お嬢さま……」

「あなたは修道女になりたくて来たのではないのだもの」

「それはお嬢さまだって……」

「わたくしはマザーのもとで働き、陰ながらこの修道院を守るわ。貴族の家で女に生まれたからといって、みながみな嫁いで子どもを産む必要はないでしょう。たまにはこんな女がいたっていいはずよ」

……そう、この目がもっと、自由がきいたなら。

もっと器用で、力だって人並みで、普通の女性らしくいられたなら。

心からそう思えたのではないか。

貴族の娘としても、修道女としても、自分は誰の役にも立てない。

誰かにかばわれ、気遣われることなく生きていけたなら、どんなによいか。

クローディアの魂は、明かりを持たず、暗闇の廃墟を彷徨《さまよ》い歩く、死人のようである。

＊

イルバス王宮に、煌々《こうこう》とした明かりが灯《とも》される。

色とりどりの美しいドレスを身にまとった令嬢たちが、王の登場をいまかいまかと待っている。

アルバート国王のお妃《きさき》捜しを兼ねた盛大な舞踏会である。

青の陣営に属する男たちは、この好機を逃すまいと躍起《やっき》になっているはずだ。自分の娘はもちろん、遠くに住んでいる親戚筋の娘、はたまたこのために引き取った養女を美しい令嬢にしたてあげ、舞踏会に参加させている。

なかにはちらほらと緑の陣営の者たちの姿もあるが、まあ仕方がないというものだろう。サミュエルの相手は決まってしまったも同然なのだし、女性たちにとって『王に嫁ぐ』という千載一遇《せんざいいちぐう》の機会はもうこれきりしかない。サミュエルも大目に見ることだろう。

令嬢たちはとっておきのドレスでめかしこみ、化粧を何度もなおし、髪は入念に結い上げ、代々受け継がれてきた家宝のアクセサリーを身につけていた。気合いの入れようはことさらである。

「アルバート陛下、ついに私と踊られるつもりよ。私の名前を覚えてくださっているはずだわ」

「なに言ってるのよ。あなたなんか、一度お父さまの力で晩餐会《ばんさんかい》に呼ばれたことがあるだけでしょう」

「それがどれほどすごいことなのかわからないようね」

「私なんて、陛下とたいそう夢見心地な一夜を過ごしたこともあるわ」

「嘘ばっかりおっしゃい」

かしましくさえずる女たち。アルバートは色好みで、あちらの令嬢もこちらの令嬢も

「お付き合い」をしたことがある。去り際《ぎわ》はあっさりとしていたが、女たちはいっときの思い出に「この世の最上の出来事」という札をかけ、大切になんどもかみしめながら、美しい夢に浸《ひた》って過ごしていた。

最近は王も多忙なようでつれなかったけれど、今夜こそはあのひとときが再びおとずれるかもしれない。そう胸をときめかせる女はひとりやふたりではないのだ。

なにせ王は「本格的に」お妃を捜しているのだ。ベアトリスが生涯の伴侶を得て、サミュエルの相手も事実上決定してしまった今、アルバートが結婚の意志をかためたのはむしろ遅すぎるくらいであった。

「陛下のせいで泥仕合になりそうなのですが」

会場を見回っていたウィルは、控えていたアルバートのもとへ顔を出すなりそう言った。そして二度ほどくしゃみをした。むせかえるような香水の匂《にお》いで鼻がやられたらしい。

「匂いのきつい花の群生です。すでに泥を投げつけあっている」

アルバートはタイをもてあそびながら言う。

「泥仕合なものか。美しい花々の共演だ」

「共演させてはまずい方々も何名かいらっしゃいます」

「まあ俺も少し遊びが過ぎたな。今後は後腐れのない玄人《くろうと》か人妻だけにしておこう」

「今後はありません。王妃をお迎えになるのでしょう」

「そう退屈なことを言うな」

アルバートは立ち上がる。

「お前好みの黒髪で胸の大きな女がいたら譲ってやる」

「恐れ入ります」

「しかし、これだけたくさんの令嬢が押しかけてきては敵《かな》わんな。俺ひとりで相手をするには体がいくつあっても足りやしない。お前から見て、ふさわしいと思う令嬢を何人か見《み》繕《つくろ》ってこい。俺はその女と踊る」

「かしこまりました」

長い夜になりそうだった。しかしアルバートの精神はまったくといって良いほど高揚《こうよう》をしていなかった。きっと今夜は何も起こらないであろう。

アルバートは、誰よりも直感力にすぐれた男である。

運命の女はここにはいないことを、彼はすでに知っている。

この手で摘《つ》みとるべき花は、いったいどこに咲いているのだろうか。

「俺は本来困るということを知らない男だが、こればかりは大きな問題だな」

「陛下」

今夜の会が徒労に終わることを予感したアルバートは、皮肉そうに笑った。

「今だけはサミュエルがうらやましい」

運命の女は、流れ星のようにあちらから飛びこんできた。弟はやすやすとそれを手に入れたのである。

*

イルバス王宮、議会の間。

青の陣営の王・アルバートと、緑の陣営の王・サミュエルは円卓で向かい合っていた。

それぞれの王杖、ウィルとエスメは王に寄り添うようにして座っている。

「さて最後の議題になりますが――イザベラ王太后さまのご様子についてです」

ウィルは静かに書類に目を落とした。

「青の陣営で彼女をお預かりしておりますが、なにかと不快を訴えられる日が続いております」

サミュエルが片眉を上げる。

「母さまは今、兄さま所有のお屋敷で過ごしていらっしゃるんでしょう。世話は行き届いていると聞き及んでいますが」

「もちろん、医師も侍女も料理人も詩人や道化師にいたるまで完璧な布陣だ。話し相手にも事欠かないはずだがな」

イザベラの住まいは、イルバス東部にある王の大邸宅。もとはアルバートが狩りの際滞在するために使っていた。現在はアルバートの選んだ使用人たちが、王太后の回復のために尽力しているが、努力もむなしくイザベラの容態《ようだい》は悪くなるいっぽうである。

「最近はよく咳《せ》きこんでいらっしゃるようで……なるべく空気の良い場所へ王太后さまの住まいをうつされてはどうかと……」

「ノアが使っていたのは精神をむしばむ薬であったのでは？」

エスメははきはきとたずねた。

「咳をされる要因はなんなのでしょう。薬の成分が肺の方へ、悪いように作用してしまったのでしょうか」

「原因はまったく別で、咳も気の病の症状のひとつであるとも考えられる」

ウィルは医師の診断書を読み上げる。ともかく、イザベラにとって今の環境が良くないことはたしかなようだ。

「サミュエル。母上に会いに行くか？　あの人はお前の顔を見れば、いっときでも元気になるかもしれない」

「――いいえ」

サミュエルは淡々とこたえた。

「それではまた同じことの繰り返しです。次に母さまに会うときは、エスメを僕の王杖として紹介するときです。今の母さまがそれを受け入れられるとは到底思えません」

イザベラは女の王杖を認めないに違いない。ことサミュエルの王杖とあっては。

彼女はいまだに最愛の末息子が戴冠したことを知らない。もちろん、彼の王杖にエスメ・アシュレイルが就任し、女公爵となったことも。

息子を溺愛《できあい》し、女の影を感じたときは牙をむいた。

女は男をまるきり変えてしまう。

事実、サミュエルはエスメと出会って変わっていったのだ。

それは世界で一番母親を愛していた、幼い子ども時代からの脱却を意味していた。

サミュエルの戴冠式に、イザベラの姿はなかった。

愛する坊やが独り立ちしたことを、彼女はとうとう受け入れることができなかったのだ。

（……立派な王となった姿を、誰よりも王太后さまに見てもらいたかったのはサミュエル陛下のはずなのに……）

エスメはそのことが、ずっと胸に引っかかっているのである。

行き過ぎた愛情だったとはいえ、サミュエルにとってイザベラはかけがえのない母親であったはずだ。口では拒絶していても、サミュエルはいつもイザベラのことを気にしていた。母から離れることにしたのは、王になるため、大人になるためであった。自分がふたりの仲を裂いたようで、エスメは申し訳なく思っていた。

アルバートはけだるげに言う。

「それでは、母上をどこへうつす?」

「アルバート陛下の住まいはにぎやかな場所が多いです。もうすこし落ち着ける場所がいいのでは」

「しかし、僕が母さまを預かるのはまずい」

「西で王太后さまをお迎えするだけの余裕があるのはモリス家でしょうが……」

やはりベアトリスに頼んで彼女をニカヤへうつすべきだろうか。

赤の陣営・連絡役のベンジャミンの方を見やると、彼は首を横に振る。

「ベアトリス陛下は、とある問題にかかりきりになっております。イザベラ王太后に気を配る余裕はないでしょう」

「とある問題とは?」

「ニカヤのマノリト王にかんしてです。彼は五つになりますが、このところひとことも口をきくことがないのです」

ニカヤの幼なき王・マノリト。たった五歳の彼は王冠をかぶせられ、形ばかりの王となった。

マノリトを立派なニカヤ王にするべく、ベアトリスと彼女の王杖・ギャレットは日夜奔《ほん》走《そう》しニカヤ政府をまとめているが、マノリト王は日を追うごとに言葉少なになっていった。

ついにはひとことも発することがなくなり、ベアトリスも途方に暮れているのだとか。

「早くに親に死なれ、国は侵略されかけたのだ。無理もないでしょう」

ウィルが同情的に言う。

「彼が口をきかないのをいいことに、ベアトリス女王がニカヤを支配しようとしている、そう思われるのはまずいのです。なんとかマノリト王に回復してもらいたいと、女王陛下も心をつくしておられるのですが――」

「まあ、トリスの立場ならば、母親よりもマノリト王の世話を優先するべきだろうな」

ベアトリスはしたたかに状況を判断する女である。そうしなければならない人生を送ってきた。三人きょうだいの共同統治の中で、中間子がいちばん気を遣う。兄にも弟にも加担できない上、「廃墟の鍵」という爆弾を抱え続けていた彼女は、三人の王の中でいちばん慎重な性格をしていた。

マノリト王の対応をしくじるわけにはいかない。母親のことは、しょせんは身内の問題である。イザベラにもはや力はなく、厄介な占い師ノアも国外へ追放した。あとは国に残った兄弟がどうにかせよ。女王の意志は、彼女がなにも言わずとも伝わった。

「ひとつ俺から提案があります。イルバス東部に、肺の病を専門とした療養施設がありま す。エルデール治療院……修道院のそばに建つ小さな治療院です。そこへ王太后さまをおお連れしてはどうかと」

「小さな治療院って……他の患者もいるんだろう。そんなところに母さまを置いておけるか。警備態勢はどうなんだ。王太后の身の安全を護らなくてはならないんだぞ」

「山の中腹に建つ田舎《いなか》の治療院で、周辺の住人たち以外はめったに人は寄りつきません。もちろん治療院の周囲は軍人たちが警護します。詳しい事情を知らない者が世話したほうが、王太后さまにとってもかえって悪い刺激がなく、回復に向かうのでないかと。教会の運営する治療院ですし、安全であることは間違いないでしょう」

はるか昔から、教会は人々を護《まも》る場所である。まだイルバスが革命と王政復古を繰り返していたころ、権力闘争に敗れた者たちが真っ先に駆けこむのは教会であった。ここでの殺生は神をもおそれぬ行為とされる。教会の敷地内に足を踏み入れてしまえば、身の安全は保障されていたのである。

「しかしだな――……」

「サミュエル。このまま人とのかかわりを絶って、母上が回復すると思うか」

「それは……」

「隔絶された世界で、母上が執着するのはお前だけだ。それも幼い頃のお前だけ。それはつまり、『実際は執着するものすら存在しない』ということだ。現にお前は王冠をかぶり、顔つきも大人になるし、背だって伸びてしまった。母上は今の国王サミュエルを認めやしない。母上には新しい人間関係と、気の休まる日々が必要なのだ」

「エスメ、お前はどう思う」

サミュエルに水を向けられ、エスメはたどたどしく答えた。

「私は……治療院へ行くことが王太后さまが元気になれる選択なら、それが良いかと……」

ああ、なんと情けない答えだろう。

原因の一端が自分にある以上、エスメはどう答えるべきかわからなかった。

サミュエルはなにか言いたげな顔をしてから、まあいい、と言葉を切った。

「母さまの世話は青の陣営にまかせることにしてある。僕はそれで構わない」

「それでは治療院へ王太后さまの受け入れの要請を」

議会はまとまり、みながまばらに席を立つ。エスメも資料をとりまとめ立ち上がった。のろのろと歩く彼女の背中に、ウィルが声をかける。

「アシュレイル女公爵」

いまだにこの呼び名には慣れない。エスメはゆっくりと振り返る。

「はい」

「……大丈夫か。緑の陣営は統制がとれていないようだが」

「お恥ずかしいかぎりです」

今日の議会でも、背後からじっとりとした視線が向けられていることに気がついていた。

中央の円卓につけるのは王と王杖のみ。他の側近たちは、それぞれの支持する王の背後の席に座る。

背中の重圧を、ずっと感じている。エスメにとっては針のむしろであった。

（青の陣営にまでこのことが気づかれているか……まずいな……）

エスメは作り笑いを浮かべてみせた。

「まだ慣れていないだけです。そのうちビシッと足並み揃った緑の陣営をごらんに入れてみせますよ」

「——あまり無理をするな。王に見いだされたのだという自信を持て。女性の王杖は、いずれイルバスにとって貴重な財産となる。失礼」

……励まされてしまった。

情けない、と思いつつ、サミュエルの方へ目を向ける。彼は壁に背をつけて、腕を組んだまま立っている。

「あの……」

「行くぞ」

サミュエルはなにも言わない。励ましもしないし、責めもしない。今のエスメにどんな言葉をかけても、彼女を落ちこませるだけだとわかっている。一見冷たいようでいて、彼は優しいのである。

「缶詰工場の新たな責任者候補のリストはできているな?」

「はい」

「僕の執務室に置いておけ。あとで目を通しておく」

「サミュエル陛下」

「なんだ」

「あの、いえ……なんでもないです」

サミュエルはじろりと横目を使う。

「はっきりしないな」

「すみません」

「あのチビのレギーでも呼んだらどうだ。お前も気が紛《まぎ》れるだろう」

「……私になにかできることがあるかと思うのです、サミュエル陛下」

エスメは立ち止まった。

言葉がつかえてうまく出てこない。自分には足りないものが多すぎる。

サミュエルはけだるそうに手を頭の後ろにやって髪の結び目をいじる。きらびやかなリボンの髪留《かみど》めがゆらりと揺れる。

「お前はよくやっている」

「それ以上にできるようになりたい」

「それはよくわかっている」

サミュエルは振り返った。そして問うた。

「どうする?」

「私は……」

「お前は強欲な女だ。なんでもかんでも手を伸ばそうとする。僕はそんなところが気に入っている。だからなんでも言え」

サミュエルの視線は、優しかった。

エスメはたどたどしく答える。

「私……変わりたいんです、陛下」

彼は仕方がなさそうに笑うと、エスメの肩をこづいた。

「変化の星なんだろ、お前」

ノアは言った。エスメはどんなに不利な状況でも、その運命を塗り替えてしまうと。

「考えていることがあるんです。もしお許しいただけるなら……」

エスメははにかんで、想いを言葉にした。

第二章

マザー・アリシアの部屋にまねかれたが、クローディアは下を向いていた。

「おや。カーテンは閉めておりますが、まぶしいですか」

「いえ、わたくしはいつもこうなのです……お気になさらず」

栗色の前髪で左目を隠す。マザーはその姿をいたましそうに見ている。クローディアが修道服を規則どおりに着たがらないのは、髪をきっちりと留《と》めてベールの中にしまいこんでおかなくてはならないからだ。それでは彼女の瞳の色が明らかになってしまう。

マザーはクローディアだけには特別に、漆黒《しっこく》のフードをかぶることを許していた。それが彼女の心を守ってくれるならばと。

「治療院に、イザベラ王太后《おうたいごう》さまがいらっしゃることになりました」

「イザベラ王太后さまが……？」

クローディアは我が耳を疑った。

イザベラ王太后といえば、個性豊かな現国王たちの母親ではないか。それがどうしてこのような、僻地《へきち》の治療院などに……。

「なぜこちらへ……」

「肺を悪くされていらっしゃると聞いています。あとは気鬱《きうつ》の病《やまい》を。このことは他言無用です。アルバート国王陛下は、王太后さまを静かな環境で過ごさせたいと望んでいます。やんごとないご身分の方がいらしたと知れては、村々から人が押し寄せてくるでしょう」

ひとめ王太后さまのご尊顔をおがもうと、教会に人がつめかける様を想像した。混乱をまねくことは必至である。そのような事態は、ただでさえ人の視線が苦手なクローディアにとってとても避けたいものである。

「女子修道院のシスターたちだけでは、とても対応できそうにありませんわね」

「そのため、表向きは肺をわずらったとある貴婦人が入院するとし、治療にあたる者をごくわずかにとどめることとします」

「わたくしはなにをお手伝いすればよろしいのでしょう」

極秘の情報をクローディアに明かしたのはわけがあるはずだ。

マザーはうなずいた。

「イザベラ王太后さまのお世話係を、あなたに任せたいと思っているのです」

「わたくしが？」

クローディアは目を見開く。

「わたくしでは無理でございますわ、マザー。陽《ひ》の下に出ることができないのですもの」

「もちろん、昼間の世話は他の者に任せます。しかし王太后さまにはどうも不眠の症状もあるご様子。夜のお話し相手が必要なのよ。それも、できるかぎり王太后さまのお世話係にふさわしい礼儀作法を身につけた者がね」

マザーは、昼間の世話係はエヴァに任せられないかと言う。クローディアや他の姉妹たちの世話に慣れきっているエヴァなら、王宮の女官ほどとまではいかないものの、やんごとない身分の女性に対するふるまいは熟知しているはずである。

「エヴァならばもちろん……問題なくお世話をすることができるとは思いますわ。それにしても、わたくしがお相手をつとめるというのは……この目にイザベラ王太后が驚かれるかもしれませんもの……粗忽《そこつ》で物を壊してばかりおりますし……」

「シスター・クローディア。あなたには物語があるではないですか」

マザーは鷹揚《おうよう》に言った。

クローディアをなぐさめるもの。静かな夜、鈍色《にび》の雨雲、そして物語であった。

架空の世界に浸《ひた》るとき、ほんのいっときだけクローディアは自由になれた。今だけは不気味な目をした不格好な女ではない。美しい姫君にも、勇敢な冒険者にも、なにになるのも思うがまま。

エルデール女子修道院にははじめ、神学書以外の読み物がなかった。だからクローディアはエドモンズ家にいた頃に手なぐさみで書いた物語を、教会の図書室に置いていた。

「あなたの物語で、教会にやってきた子どもたちが文字を覚えているのよ。もっと誇っていいわ。イルバスの農村では読み書きもできず大人になる子どもが大勢いるというのに」

「恐れ入ります、マザー。ですが王太后さまは読み書きもできない子どもではありませんわ」

「物語に向き合うような真摯《しんし》さを、王太后さまに向けてもらえばいいだけよ」

クローディアをはげますように、マザー・アリシアは明るい声で語りかける。

しかし、クローディアは真っ青になった。

（む……無理に決まっているわ……）

夜だけとはいえ、そんな高貴なお方の世話をする？　王太后さまが、わたくしを見てなんと思うか。

「ち……ちなみにですが、マザー。夜間のお世話係はわたくしひとり……？」

「そのつもりです。極秘のお役目ですからね」

つまりは、クローディアが勢いあまってポットの取っ手を粉々にしたり、薬湯《やくとう》を泡立てすぎてクリームみたいにしてしまったり、カーテンを閉めようとして破いてしまったりしても、誰にも助けを求められないということである。

イザベラ王太后が顔をしかめ、「誰ですか、このような愚か者を私につけたのは。責任者は出てきなさい！」と叫ぶ姿が目に浮かぶ。そして寝間着のままのマザーが、罪人のように引きずられ、イザベラ王太后の前に膝《ひざ》をつく姿が。エヴァは泣きじゃくり、どうかお嬢さまとマザーを許してと頭《こうべ》を垂れ、他のシスターたちはみな手を組み合わせ、神と王太后に許しを乞《こ》う。治療院の患者たちまでも十字を切り、状況はよくわからないが、とにかく自分たちも穏やかな睡眠をとりたいので、あのシスターをお許しくださいと願うだろう。そしてクローディアは、ただひたすら申し訳なく、消えてしまいたいと思うのだろう。彼女はわなわなと震えて、叫んだ。

「マザーを罪人にするわけにはまいりませんわ！」

「落ち着きなさい、クローディア。いったいどこまで飛躍した想像をしているのです」

「す、すみません。わたくしがポットの取っ手を粉々にしてしまうところを想像して……」

「たしかに一度、そのようなことはあったけれど、あれも継ぎ目がぽきりと折れただけだったでしょう。粉々にはしてないはずよ、思い出しなさい」

「そうでしたわね……わたくしったら一度取っ手を破壊したくらいで……」

「ティーカップの取っ手は四度折っておりますけどね」

マザーは咳払《せきばら》いをする。

「とにかく、あなたが少しばかり変わった見た目をしていて、力が強いというくらいで、引け目に感じることはありません」

「そ、そうでしょうか……」

「実際、あなたがいちばん適任なのよ。あなたのお父上はアルバート陛下の信頼のおける軍師でいらっしゃるし、弟妹は王宮の夜会にもしょっちゅう出席されているとか。ご家族はイザベラさまとも顔見知りなのでしょう」

「わたくしが伯爵《はくしゃく》家の娘とは名ばかりですわ」

普通の貴族の令嬢ならば、四度もティーカップの取っ手を折ったりしない。

「ともかく、そのような大役はわたくしには荷が重いのです。でも、エヴァが良い娘であることは保証いたします。昼のお世話はあの子がなにくれとなくつとめてくれるでしょう」

「――シスター・クローディア」

マザーはめがねをとって、ゆっくりとまばたきをしてみせた。

「みずから心を閉ざす者に、光はけして射しこむことはないのですよ」

「マザー……」

「あなたはまさしく修道院の影。ただし、あたたかい守りの影です。あなたが葛藤《かっとう》を抱《かか》えているのは私もわかります。あなたがここで経験してきたことは、あなたが思うよりも尊《とうと》く代え難いものです。ですがあなたは、それを素直に受け止めることができない」

マザー・アリシアの言うとおり、クローディアは自分を認めることができない。事実エヴァをはじめとする他のシスターたちのはからいで、ここで修道女のまねごとができているると思っているからだ。

「このエルデール修道院でなければ、わたくしはシスターになることはできなかったでしょう」

「夜に祈り、朝に床《とこ》につく。たしかに修道院の規律からは外れているかもしれないわね。しかし、あなたは誰よりもまっすぐで敬虔《けいけん》です。だからこそそんな自分を、受け入れなくてはなりません」

「自分を受け入れる……」

「そうよ。王太后さまがいらっしゃるという驚くべき知らせが届いたとき、私の脳裏にはすぐさまあなたの顔が思い浮かびました。神のご意志によるめぐりあわせだと思ったのです」

マザーの言葉に、クローディアは目を伏せた。

——恐ろしい。

まだ見ぬイザベラとの出会いが。彼女になにを思われるかが。人の役に立ちたいと思っていても、このまま何もできないままだということが。ただ日々を重ねていくだけの現実が。

進もうと、進むまいと、クローディアはおそろしくてたまらないのである。

飛躍した想像の世界よりも、なにも起こらない現実が、じわじわと真綿で首を絞められるような苦しみを与えてくるのだ。

だから、つい空想をしてしまう。それがたとえ悲観的な空想でも、現実を見つめるよりは楽だから。

「わたくしのような、迷ってばかりの未熟な人間でも……つとめを果たすことができるのでしょうか？」

「もちろん」

マザーはほほえんだ。

「私たちはいつでも迷っています。決断を迷わない人はいません。迷いながら進むのが、私たちの人生であるのですから」

＊

王太后イザベラが、エルデール治療院へとやってきた。

イザベラは二週間もかけて、道々臣下の屋敷に逗留《とうりゅう》しながら、ゆっくりと移動した。

（ふもとの村からこちらまでは道が狭くて馬車を使えない。王太后さまはさぞやお疲れでいらっしゃるでしょう）

馬から降ろされたイザベラは、げっそりと痩《や》せ衰《おとろ》え、頼りなく揺れる小枝のようであった。

「とある貴婦人」としてやってきた彼女は、護衛たちを連れていたものの、極めてこざっぱりとした出《い》で立ちである。装飾の少ないドレスを身にまとい、手荷物はごくわずか。こけた頰、目は落ちくぼみ、うすぼんやりと遠くの景色をうつしている。

たとえ教えられたとしても、誰もイザベラ王太后だと信じられないに違いなかった。出回っている彼女の肖像画と比べると、二十も老《ふ》けこんだように見える。

おあつらえむきに、雲が重く垂れこめた空模様だった。この天気ならば外に出ても問題ない。礼拝堂のドアを開けはなち、扉の内側から身を隠すようにして、クローディアはイザベラ一行を見守っていた。

(あのお方がイザベラ王太后さま……)

病を抱え痩せ細っていても、イザベラの凜《りん》とした気品は損《そこ》なわれていなかった。これはお世話係として、到底粗略なふるまいはできない。いや、もともとするべきではないのだが。

思わず手に持っていた雑巾《ぞうきん》を握りしめる。それはくしゃりと丸まり、あわてて手をひらくと、あまりの圧縮具合に元に戻すことに苦労する。いったいなにをしているのだろう、自分は。またエヴァに心配をかけてしまう。

「ベラさま、ようこそエルデール治療院へ」

事前の打ち合わせで、イザベラのことはそう呼ぶようにと言われている。マザーは人の好《よ》さそうな笑みを浮かべると、彼女に挨拶《あいさつ》をした。イザベラはぼんやりとしているだけである。

「マザー。ベラさまをどちらへお連れすれば？」

つり上がった目の侍女《じじょ》がマザーに指示をあおぐ。彼女はこの後に王都へ引き返すことになっている。

(気心知れた侍女もそばに置けないなんて……)

これはアルバート国王の命令である。イザベラがなじんできたものをすべて取り上げ、まっさらな気持ちでこの治療院で養生《ようじょう》をしていただくようにと。

それほどまでに、環境を変えなくてはならないなにかが、イザベラにあったというのか。

治療院の特別室にイザベラは案内された。この特別室はシオン山脈の景色を一望できるすばらしい部屋であったが、当然ながらイザベラがそれまで暮らしていた離宮《りきゅう》とは比べものにもならないほど質素だった。

ベッドとチェスト、小さな本棚、小ぶりのテーブルと椅子がひとつずつ。テーブルの上には子どもたちの作った小さなくまのぬいぐるみが置いてある。

「このようなものは不要です。ここは王太后さまがお過ごしになるお部屋ですよ。もっと洗練された内装にしていただかないと」

イザベラ本人よりも侍女の方が落胆したようで、ぬいぐるみをつかんであれこれと文句をつけている。

エヴァは黙ってぬいぐるみを回収し、マザーは「不慣れなもので、ご容赦《ようしゃ》くださいませ」と顔色ひとつ変えずに答えた。

「先が思いやられますわ。イザベラさま、お辛《つら》いことがございましたらいつでも私へご連絡を」

彼女はイザベラにしばらくの暇《いとま》の挨拶をしてから出ていった。

侍女がいなくなったところで、クローディアはそっと特別室に足を踏みいれた。マザーとエヴァがかわるがわる、イザベラに治療院について説明している。

はじめの数日はここで思うままに過ごすことで、イザベラにシオン山脈の空気に慣れてもらう。彼女の侍医《じい》スコット医師と相談しさまざまな薬をためしながら、治療計画を立てる。

彼女の体調が良く、気分も乗ったなら礼拝に参加してもらったり、シスターたちの奉仕活動を見学してもらったりすることも可能だろう。人とのふれ合いはイザベラにとってなによりの良薬になるはずであった。

クローディアの役目はイザベラの症状にあわせて薬湯を作ること、不眠症ぎみの彼女のために話し相手となること、イザベラの体調が異変をきたしたときのために、夜は扉の前に控えていることであった。

「ベラさま、ご紹介いたしますわ。夜間のお世話係をつとめます、シスター・クローディアです」

マザーから紹介にあずかり、クローディアはうわずった声をあげた。

「はじめまして、わたくし……」

「そのフードはなんなの？」

ぼんやりとしていたイザベラが、突然甲高《かんだか》い声をあげた。

自己紹介をさえぎられ、クローディアは目を白黒させる。

「そのようなものをかぶって、私へのあてつけのつもりなの」

「あの……」

肩を震わせ、呼吸を乱すイザベラ。割れるような咳をして、なお苦しげにクローディアをにらみつける。発作が出ている。ただごとでない雰囲気を感じ取ったのか、マザーが間に入った。

「落ち着いてください、ベラさま。シスター・クローディアには事情がございまして……」

「私があの男を引き入れた。アルバートは怒っているんだわ。だからこのような……信じられないような意地の悪いまねができるのよ!」

イザベラは叫ぶと、クローディアに向かって指をさした。

「出ていってちょうだい」

「ベラさま」

「ベラなんて名前で、誰が呼べと言ったの。私をサミュエルから引き離し、このような場所へ追いやって! アルバートは親の恩も知らずに! いえ、ベアトリスの入れ知恵かしら」

みずからの子どもたちへの怨嗟《えんさ》の言葉。そして明確な拒絶。クローディアたちは驚きのあまり言葉を失ったが、すぐにマザーが落ち着き払った声で指示した。

「ベラさまをベッドへ。気分の落ちつく薬を持ってきましょう」

「その目障《めざわ》りなフードを取りなさい!」

イザベラは、クローディアにつかみかからん勢いだった。マザーはエヴァに目配せをすると、ふたりで彼女を押さえつけ、ベッドに横たわらせた。

「お嬢さま、申し訳ありません。替わっていただけますか」

「え、ええ」

ここは力の強い自分の出番であろう。

クローディアがイザベラを押さえると、彼女は金切り声をあげる。

「す、すみません痛かったでしょうか……」

「だめ！　手を離しては」

クローディアは頬をひっかかれた。細い線が浮かび上がり、血がにじむ。

「シスター・エヴァ。拘束用のベルトを。スコットさんを呼んできなさい」

スコット医師が駆けつけ、イザベラを拘束する。

クローディアは呆けたようにして、その一部始終をながめていた。頬をぬぐえば、血がかすれて手の甲にうつる。

イザベラは、クローディアを見た途端に態度を変えた。彼女の胸にもやもやとしたものが広がってゆく。

（やはり……わたくしの目がお気に障ったのかもしれないわ）

誰かの役に立ちたいと思っても、簡単にはままならない。

クローディアの左目は、呪いの刻印のように、ぎらぎらとした金色の光を宿しているのだ。

＊

ニカヤ王宮、回廊の間。

うねる通路を、我が庭のごとくベアトリスは闊歩《かっぽ》する。

彼女は鮮やかな染めのニカヤ式のドレスの裾《すそ》をさばき、赤い靴先をのぞかせる。

見事なまでに精緻《せいち》な刺繍《ししゅう》の絨毯《じゅうたん》が敷かれ、目の覚めるような絵画が並ぶこの回廊を、ベアトリスは好いていた。賑《にぎ》やかなしつらえはニカヤ王宮の特徴である。

「そう、お兄さまが花嫁捜しを」

「結局舞踏会ではこれといったお相手が見つからなかったようです」

ベアトリスの王杖《おうじょう》・ギャレットが報告書を読み上げた。イルバス国内に放ってある彼の間諜《かんちょう》たちは、さまざまな情報を拾い上げてくる。

「ご令嬢たちの中にはすでにアルバート陛下と関係を持ったことのある者もいるようで、ちょっとした騒ぎもあったと」

「お兄さまも困ったものね。ウィルの苦労がしのばれるわ」

「女王の王杖でよかったと、心から思います」

「あら、女王だって色好みはいるかもしれないわよ」

「え」

「冗談よ」

呆けて立ち止まるギャレットに「なにをしているの、早くいらっしゃい」とベアトリスはからかうように言う。

「あなたという夫がいるのに、他の男性に色目を使うわけないじゃないの」

「……女王陛下はお人が悪い」

ギャレットは咳払いをすると、顔つきをひきしめた。

「アルバート陛下が花嫁捜しに向けて動かれたのは、お世継ぎを望んでのことでしょう」

きょうだいの誰よりも早く伴侶《はんりょ》を得たのはベアトリスだが、今は世継ぎどころではない状況だ。夫のギャレットもそれを理解している。幸いにして、イルバスは共同統治。若いうちに多くの子を、と焦《あせ》る必要はない。いずれ王のうちの誰かひとりにでも世継ぎができれば良いのである。

あるいは、異国の大使に嫁《とつ》いだ従姉妹《いとこ》姫のカミラ王女が子を生《な》せば、その子にという話になるかもしれないが――……。カミラはみずから王冠を捨てた姫であるので、我が子にその権利を望まないであろう。

サミュエルはまだあの王杖エスメには求婚もしていないようだし、長子のアルバートが弟妹の状況を見て、花嫁捜しに乗り気になったのだろう。

「お兄さまの気に入るお相手はなかなか見つからないでしょうね」

「そうでしょうか。女性たちはアルバート陛下の心を射止めようと必死であるとのことでしたが」

色を好むことと、一生を添《そ》い遂《と》げる妻を迎えることは、まったくの別ものである。兄はそのあたりのことを、理解していないわけではないが、人の心というものを簡単に考え過ぎているように思える。妹のベアトリスを「女のベルトラム」とし、駒としてその手の内に置こうとしたことからも、それがうかがえる。

ベアトリスが妹であったから。それ以上の理由はない。

彼にとって、自分の血の複製品であるベアトリスは唯一《ゆいいつ》にしてかけがえのない肉親だ。

「私を大切にしていたのは、お兄さまの中に明確な理由があったから。でも今度は他人の中に、その理由を見つけなくてはならない。誰でもいいと思っているとしたら、それがあの人にとって一番の落とし穴よ」

「俺にはなんのことだか……」

「理由がなくとも人を愛することができる人間には、それがわからない」

ニカヤ王宮の最奥《さいおう》、国王の私室。

扉の前で文官ザカライアと武官ヨアキムが、ベアトリスを迎える。

「ローガンは?」

「マノリト王のために玩具《おもちゃ》を取りに」

「無駄足でしょうね」

青の陣営からもらい受けた軍人、ローガン・ベルクには現在マノリト王の護衛官をつとめさせている。

マノリト王に喜んでもらいたいと、玩具を与えたり剣の稽古《けいこ》をつけてみたり珍しい菓子を与えたりするが、王はただぼんやりとしているだけ。

子犬のように人なつっこい彼ですらも、たった五つの男の子の心を溶かすことはできないのか。

「マノリト王に朝の挨拶をしましょうか」

きっと、どんな言葉もかえってこないに違いない。

このあたたかな春の国と相反するように、少年王の心はかたく凍《い》てついている。

それでもベアトリスは、いつか彼の氷が溶けることを信じている。

「人の愛は、簡単に手にすることはできないものだわ」

扉が開き、ベアトリスたちは王の私室へと足を踏み入れた。

おなじみとなりつつある、ひどく静かな会見が始まろうとしていた。

＊

うなるような風が吹いている。シオン山脈の山肌を撫でるようにして、乱暴に、荒々しく。

クローディアのフードはまたたくまに背中に落ちた。それでも構わなかった。

夜が来たのだ。

カンテラもなしに、クローディアはすいすいと歩く。小石だらけの地面を踏みしめ、まるで驚かすような風の音を聞く。教会を見回り、女子修道院を見回り、最後に残ったのは治療院であった。

(イザベラさまはもうお眠りになったかしら……)

安定剤がよくきいたのか、あの後しばらくしてからイザベラは眠りについた。

動揺し、ショックを受けたクローディアだったが、スコット医師に事情を聞いたことにより、少しだけ冷静さを取り戻した。

「あなたのフード姿が、占い師ノアを連想させたのでしょう」

スコット医師はそう言うと、ここだけの話でございますがね、と声を低くした。

「イザベラさまがこれほどまでに体調を崩されたのも、ノアが国を離れたからでございます。医師として恥ずかしいことではございますが、イザベラさまは侍医団を信用せず、医師を近づけようともしませんでした。私はアルバート陛下の命《めい》で、ごく最近イザベラさまの侍医につけられたのです」

占い師ノア。イザベラ王太后の専属の星読みで、彼女の心の隙《すき》につけこみ、その精神をめちゃくちゃに壊してしまった者。

人里離れた修道院に暮らすクローディアでも、王太后に星読みがついていることは知っていた。だが彼女の心に根深くノアが存在していたことは知らなかった。

彼は真っ黒なフードをかぶっていたという。その姿が重なって、イザベラに悪夢を思い起こさせてしまったのだろうと……。

悪夢とは、彼を失った悪夢か。

それとも、彼が見せていた悪夢？

（この瞳のせいでなかったのならいいけれど……）

イザベラの心は傷つき、憎しみで満たされている。国王サミュエルに関連するできごとがきっかけとなったらしいが、これにかんしてもクローディアはくわしいことを知らない。あの侍女になんでもよい、なにか聞いておけばよかったのだ。手紙を書くことはできるだろう。しかしどこまでたずねればぶしつけにならずにすむのか。

イザベラ本人に聞いてもいいものだろうか。情報があれば、イザベラが苦手とするものを取り除いて、彼女の世話にあたることができる。エヴァが持ち前の明るさで、するりと聞き出してくれないだろうか。

――だめだわ、人を頼って。

ただでさえクローディアはここではお荷物なのである。イザベラの世話係とて、本来はエヴァひとりで十分。それなのにクローディアのために無理矢理役目を作ってくれたのだ。

クローディアは病室のひとつひとつを見て回った。身じろぎをしている患者もいれば、まんじりともせず目を開けている者もいる。なんのさまたげもなく眠れるということはなによりの健康のあかしなのだということを、クローディアはここに来てから知った。

イザベラは、眠れないようだった。特別室の窓から外をながめている。月の光はなく、なにも見えないはずだ。闇を見つめることで、思い出に浸《ひた》っているだけなのかもしれない。明かりを落とした部屋で彼女の様子がわかるのは、クローディアの目のおかげである。

悩んだが、意を決して話しかける。

「眠れませんか」

イザベラはゆっくりとクローディアの方を見た。

明かりひとつない暗闇で、声の主の正体をさぐろうと、イザベラは用心深く体をかたくする。

「怪《あや》しいものではございません。昼間ご挨拶いたしました、シスター・クローディアでございます。何かお望みのものがあればお持ちいたします。お水でしょうか。それともあたたかいワイン？　お菓子はスコット先生にしかられてしまうので、ご用意できないのですが……」

「……」

答えはない。やはり昼間のことを怒っているのだろうか。

しかし、ここで対話を避けたままではイザベラとの関係は一生変わらない。それでは世話係になった意味などない。クローディアは辛抱《しんぼう》強く続けた。

「寒くはありませんか？　毛布をもう一枚……」

「寒いわ」

イザベラはぽつりと答えた。

「あの子はいつも寒がっていたの。雪が降った日はとくに。でもこの国で雪なんてしょっちゅうのことでしょう……」

「ベラさま」

「サミュエルは足をさすってやると、ほっとしたような顔をしていたのよ……」

まるで愛し合った恋人を思い出すかのように、イザベラの瞳はうっとりと輝き、ひときの安らぎを得ているかのようだった。

「サミュエルは私がいないとだめなの。いつも私のドレスにしがみついて甘えた声をあげるのよ」

雪の日に寒がり、母に足をさすってもらったサミュエル王子。しかし現在の彼は戴冠《たいかん》し王杖を得て、立派に公務をこなす国王のひとりである。母の手助けを、すでにサミュエルは必要としていないはずだ。

王を三人も産み、それぞれが戴冠した。本来ならば彼女は敬《うやま》われ、かしずかれて、王宮でなに不自由することのない人生を送れたはずだ。いったい誰が、このような山中の治療院のベッドで、王太后が末息子の名をつぶやいているなど想像できるだろう。

クローディアは、なんと声をかけていいのかわからなかった。

星読みがいなくなり、イザベラは体調を崩した。悪夢を思い出して。

悪夢とは？

彼女にとっては甘美《かんび》な夢であったのか？

しかし夢ならば、いずれ覚めてしまう。

（わたくしも、それを同じく恐れる身）

いつか、このエルデール修道院がクローディアを不要と言ったら。

満足に人の役に立つこともできず、実家に帰っても居場所はない。おそろしくてたまらない。悪夢を見てはうなされ、そして目が覚めると、今もなお自分があやふやな立場に置かれているのだということを、思い起こさせられる。

悪夢はおそろしいが、悪夢から覚めたその先の現実が、もっとおそろしいのである。

「ベラさま……わたくしにお聞かせくださいませんか」

クローディアはゆっくりとたずねた。

「サミュエル陛下と……占い師ノア……おふたりとなにがあったのでしょうか……」

イザベラは目をむいて、声を震わせた。

「――取られたのよ」

「取られた……？」

「サミュエルも、ノアも、取られたのよ。あの小生意気な娘に‼」

「ベラさま」

「私がなにをしたっていうの。私はただあの子がかわいかっただけ。息子を愛していったいなにが悪いっていうの？　なにもかもあの子のためだった。どんなに辛いこともサミュエルのためなら耐えられたわ。でも今はあの子の顔を見ることも叶わない‼」

「ベラさま、お静かに……」

「早くサミュエルに会わせて。こんなところ、我慢がならない。みんなして私とあの子を引き離すの」

　イザベラは聖書や花瓶をつかみ、クローディアへ投げつけてくる。

　クローディアはイザベラを押さえようと彼女の両の二の腕をつかむ。

「痛い！　離してちょうだい！」

　騒ぎを聞きつけ、すぐにスコット医師や当直のシスターたちがやってきた。明かりが灯《とも》され、クローディアは目をすがめる。

「その目……」

　彼女はあわてて前髪を寄せたが、もう遅い。

「なるほど、私に遣わされたのは悪魔というわけね」

「ベラさま」

マザー・アリシアが進み出て、きつく言い放つ。

「ベラさま、シスター・クローディアの瞳は悪魔とは一切関係がございません」

マザー、と言いかけたクローディアを押しとどめ、彼女は続ける。

「このたびベラさまのお世話係に彼女を任命したのは私です。万が一不手際《ふてぎわ》があったとしたなら私が全責任を持ちます。彼女がいったいなにをしました？」

岩山のようにどしりと動かぬ貫禄《かんろく》を持ち合わせたマザーに、さすがのイザベラもたじろいだようだった。

質問には答えず、イザベラはふてくされる。

「その瞳、こけおどしが得意なベアトリスの差し金でしょう。ふざけるのもたいがいにしてちょうだい」

なにかがあるたびに、イザベラは我が子の関与を疑う。ここに彼女の子どもたちはいないのに。まるで自分を苦しめる原因は、すべて子どもたちにあると言わんばかりである。

シスターたちはどうしたものかと顔を見合わせている。

クローディアは、己《おのれ》に問いかけた。

この瞳は他者を怖がらせる。元からわかっていたことである。

イザベラは苦しげに咳をする。そして、マザーをにらみつけた。

「あなたが責任を持つと言ったわね。ならば私に謝罪しなさい。ベアトリスの、アルバートの手先となり、私を苦しめた責任を取りなさい！」

クローディアの心は冷え切ってゆく。

想像通りの展開になったではないか。こうして騒ぎを起こし、マザーを矢面《やおもて》に立たせた。クローディアの想像はけして突飛なものではなかったというわけだ。

「なんとか言いなさい！　わたくしが命じれば、今すぐこの修道院や治療院を取り潰《つぶ》すことだってできるのよ」

その言葉に、シスターたちは蒼白になる。今はクローディアの父をはじめとする支援者の寄付で成り立っている修道院だが、さすがに王太后から圧力をかけられたら今まで通りというわけにはいかなくなる。

（マザーはアルバート陛下に責任を問われることになるかもしれないわ。マザーだけじゃない。エルデール修道院すべてが……）

それで、いいの？

こうなるかもしれないと想像できていながら仕事を引き受けたのは、わたくしなのに？

志願したわけではなかったが、マザーはクローディアならばできると信じてこの役目を託したのだ。

一生、お荷物のままで、いいの？

一生誰の役にも立てないまま、恐怖におびえて、無為な時間を過ごしてもいいの？

クローディアは目を細めた。金の瞳が三日月のように不気味な光を宿す。

その視線に、イザベラはいっとき、ひるんだようだった。

——だめ。これ以上は怖くて、想像することすらできない。

現実の方が、まだおそろしくないのかもしれない。

勇気をもって、踏み出せば。

イザベラはまくしたてる。

「ベアトリスを呼んで。アルバートも。ふたりに言わなくちゃならないわ。私を悪魔と一緒にこんなところに閉じこめようたって、そうは——」

「ベアトリス陛下もアルバート陛下も、私の目とは一切関係ございません」

悪魔。それでもよいわ。

たとえ悪魔と呼ばれても、わたくしは今、こうして人と関《かか》われている。

わたくしの未来に誰もいない廃墟を想像していた。でも今は、違う……少なくとも今は。

隠者はおしまい。わたくしはフードを取り、悪魔になろう。

「この悪魔の手をお取りになってください、ベラさま。いずれサミュエル陛下とお会いできるそのときまで。わたくしが誠心誠意、あなたのお世話係をつとめてみせますわ」

＊

その日から、クローディアの戦いの日々が始まった。

イザベラがやってきてから、良い意味でも悪い意味でも、暗くふさぎこんでいる暇《ひま》がなくなったのである。

「ベラさま、一晩中泣き続けてるそうよ」

「ベラさまがまたお薬を吐き出されて」

「お食事もずっと残されているわ」

「ベラさまの咳が止まらないわ。早く咳止めのお薬を作って」

「スコット先生が過労で倒れました」

呼ばれるたびに、そして呼ばれなくとも、クローディアはイザベラのそばにいた。イザベラが吐き出した薬を片付け、シーツを取り替え、食事はイザベラがすべて食べ終えるまで付き合った。スコット医師が倒れたときは彼のことも担《かつ》いで運び、つきっきりで看病をした。

イザベラの前でだけは、フードを脱いだ。

「あなたは本当にうっとうしい悪魔だわ、クローディア」と文句を言いながらも、クローディアにされるがままになっていた。

クローディアもう、イザベラの過去についてはたずねなかった。みずからも役立たずの過去を捨てる覚悟をしたのだ。互いの過去については、しかるべきときが来たら話せばいいと思っていた。

クローディアが出会ったのは、王太后イザベラではなく、子どもと引き離された哀れな貴婦人・ベラである。その立場をイザベラがよしとしているかどうかは、このさい関係がない。

クローディアはベッドのそばの椅子に腰を下ろした。練習中の刺繍に取りかかりながら、引き続きイザベラの様子をうかがうことにする。

「ベラさま、エヴァとまた喧嘩をなさって。興奮されると咳が出るからだめですといつも言っているではないですか」

「エヴァもお前も、生意気な娘だこと」

そう言うとイザベラは咳《せ》きこんだ。

クローディアは刺繍針を置いて、彼女を赤子のようにあやす。細い肩が頼りなく、背をさするたびに今にも折れてしまいそうだ。

「な……生意気といえばですね、ベラさま。生意気な赤毛の姫ミラのお話をしましょうか。このお話、わたくしの妹レイラが大好きでいつもせがまれますの」

「結構よ」

細心の注意を払い、クローディアは刺繍針に糸を通す。

「あなた、そんなに手をぶるぶるさせて、まともに糸も通せないの」

「実を言うと、お薬作りのほうが得意ですのよ……あっ」

「まさか、指を刺したの？」

「針を折りました」

クローディアの手の中で、刺繍針がまっぷたつになっている。

「いつもこうなんですの。またシスター・エリンに怒られますわ」

一瞬心配そうな表情になったイザベラは、ふんと鼻を鳴らして、毛布の中にもぐりこむ。

「とんでもない怪力ですこと。その刺繍、きっと未完成のままね」

「そうならないことを祈りますわ……」

イザベラの反応は、クローディアの想像通りのときもあるし、そうでないときもある。

きっと憎まれ口を叩かれるだろうと思っていたが、やはりそうなった。だがいい傾向だ。

その言葉は、彼女の子どもたちにではなく、クローディアに向けたものだったから。イザベラは「今」を見ることが、少しずつだができるようになってきている。

クローディアは手を差し伸べることを決意したのだ。このかんしゃく持ちの貴婦人に、ありのままの姿で挑もう。

長年夜を耐えてきた。同じ夜を耐える人物が、もうひとり増えた。

――わたくしはこの人を、真昼の世界に返すのよ。


時を重ね、針はいくつも折れた。

イザベラは、物語を語らせてくれるようになった。

「夜のお姫さまは言いました。昼間は退屈で仕方がないのです。いつになったらお城への道はひらけるのかしらと」

イザベラは時折、サミュエルを想って泣き続けた。そんなときクローディアは物語を聞かせた。

子供だましの物語だったが、クローディアの声が耳に心地よいのか、しばらくすると彼女は静かになった。

やめるようにとは言われなかったので、クローディアは毎晩のようにイザベラのベッドのそばに椅子を置き、刺繍をしながら物語を語り続けた。

夜のイザベラは、昼よりも不安定である。

思い出すのであろう、幼いサミュエル王子と過ごした日々を。何度も何度も思い出すうちに、今の自分にはけして手に入らない日々を想って、やるせなくなるのだろう。

夜は魔物である。その魔物の恐ろしさを、クローディアは熟知している。

だから、扉の前で黙って控えていることはしなかった。

刺繍針を手に、物語を口ずさむ。静寂《せいじゃく》から彼女を遠ざけるために。

「……クローディア」

あるときイザベラに呼ばれ、クローディアはとりかかっているテーブルクロスから顔を上げた。

「その糸は、青色の方が良いのではなくて」

「……は、はい」

「私の趣味じゃないわ」

それだけ言うと、イザベラは寝返りを打ってしまった。

クローディアは刺しかけていた針を抜いた。

そして再び、夜のお姫さまの話をしながら、ゆっくりと青い糸を通す。

短い春が終わり、夏が訪れようとしていた。

＊

横殴《よこなぐ》りの雨に、アルバートは舌打ちをした。

先ほどからずっと立ち往生《おうじょう》している。予定通りの行程はもはや望めそうになかった。

道はぬかるみ、窓を割らんばかりに雨風が叩きつけている。

「クソが。このままでは馬車がひっくり返りそうだな」

「いかがしますか」

ウィルはたずねながら地図を広げる。

「エルデール治療院まで、あとわずかではありますが。雨がやむのを待っていたら訪問は夜になってしまいます」

「しかし復路を考えるとあまりもたもたしてられないだろう」

イザベラがエルデール治療院へうつってからひと月。

彼女の容態は、おどろくほどに安定しているという。

おとなしく薬を飲んで食事をとり、真夜中に錯乱さわぎを起こすこともなくなった。咳は止まり、昼夜問わず見ていたという幻覚はなりをひそめ、少しずつだがまともな会話もできるようになったらしい。

「よほどシオン山脈の空気が体に合っていたのだろう」

「それもありますが、気を許せる世話係が見つかったことが大きいでしょう」

「クローディア・エドモンズか……」

報告書に書かれた名前を指でなぞる。

イザベラと彼女がうまくいっているかといえば、そうともいえないらしい。スコット医師の話によれば、イザベラはシスター・クローディアに辛《つら》くあたることもあるという。

　しかしクローディアはそれを淡々と受け入れ、またしれっとした顔でイザベラに薬を飲むように指示し、本を読み聞かせ、とうとうミサに参加させるまでになったという。

　クローディアのほかにも世話係はいるようだが、イザベラは彼女といると特にわがままで傲慢《ごうまん》になる一方、心を許すときもあるようだ。

「明るい兆候《ちょうこう》と考えても良いのでしょうか」

　ウィルの言葉に、アルバートはうなる。

「あの人の気性《きしょう》は、俺にはさっぱりわからん。エドモンズの娘がうまいことやってくれるならありがたいかぎりだが」

　クローディアの父親・エドモンズ家の当主は青の陣営に属している。エドモンズの娘、クローディアは二十一歳。伯爵《はくしゃく》令嬢ではあるが、数年前からシスターとして修道院で働いていた。

「エドモンズ伯に年頃で未婚のお嬢さまがいたとは存じ上げませんでした。先日の舞踏会ではひとりのお嬢さまも出されていなかったようですが」

「調べたのか」

「エドモンズ家は子だくさんなんですよ。陛下のご要望に添うかと思ったので」

　なんでも、エドモンズ夫人は四十も後半になっていまだに妊娠中。いつまでも仲睦《むつ》まじいおしどり夫婦ぶりは有名である。

「一度たずねてみたのですが、『次に嫁に出せそうなのは五歳の娘しかいないが構わないか』とおっしゃっていたので。陛下はお世継ぎを急がれていますので、若すぎる花嫁では問題があるでしょう」

「子作りまで十年も待たされるのは論外だ」

しかし、惜しい。十二人も子ができる家系ならば、アルバートの望みをしっかり叶《かな》えてくれそうなものを。

だが、条件に合った令嬢がいたとしても、アルバートが気に入るとは限らない。

数々の美しい令嬢や、健康そのもので条件としては文句のつけようもない令嬢とも対面を果たしたが、どの人物も決め手に欠けた。

なにも胸をかきたてられなかったのだ。そもそも政略結婚とはそういうものだと理解していながら、これはいったいなぜなのか。

「妻など望めばすぐに見つかると思っていたが、なかなか」

「焦《あせ》りは禁物です、陛下。次の王の母君となられる方、慎重にことを進める必要があるかと思います」

「焦ってなどいない」

プライドの高いアルバートは、不機嫌になる。

口答えしない女なら、どれでも同じはずなのに。

今回に限って、自分の勘がうんともすんとも言わないことに苛立《いらだ》っているだけだ。

「しかしエドモンズが出せる娘を出さなかったことは気になる。よその王へ鞍替《くらが》えするつもりではあるまいな」

エドモンズ伯はアルバートも認める優れた軍師だ。

ベアトリスもサミュエルも、軍事については弱いと自覚があるぶん、優秀な軍人が幕下にくわわるなら喜んで歓迎するだろう。

「エドモンズはけして野心のない男ではない。王と娘の結婚などは願ったり叶《かな》ったりだと思うが……それにあのときは俺だけでなく独身の家臣たちも舞踏会に出ていたのだし、同じ陣営同士の縁組みを望むことも可能であっただろう」

王杖のウィルとていまだに妻がいない。アルバートは無理でも、彼とごく親しくしている側近と縁続きになることで、みずからの立場を強化したいと思う者たちは多い。多くの貴族が出せるだけの娘を参加させたのは、そういった事情があるからである。

「それはそうですが……クローディア嬢を舞踏会に出されなかったのは、ご本人が神に仕《つか》えることを強く望んでおられるからかもしれません」

たとえ娘が修道女でも、国王に望まれるなら本人の意志など無視して還俗《げんぞく》させる――たいていの野心にまみれた男ならそう考えそうなものだが……。

「それか、よほどの醜女《しこめ》かだな。まあ、エドモンズが心変わりしていないのならよい」

「お妃捜しは続けますか？」

「そうだな。このまま相手が見つからないようなら、フルタニアかクエランあたりの姫君でも娶《めと》ることにするか。大国と強い同盟が結べれば、青の陣営、ひいてはイルバスの国益につながる」

「わざわざ婚約の申しこみをして、いざご本人がイルバスにいらしてから『やはり気に入らない』と突きかえしては、さすがに国際問題になりかねませんよ」

ウィルがうんざりしたように言う。

「それにイルバスの共同統治制度を考えると、どの国も嫁入りには慎重です」

自分の娘が王妃になったとしても、他の王にも王妃や王配がいるとなれば、主導権を握るのは難しい。王女の結婚というカードはそう何度も切れるものではない。それならばもっと有利な婚姻ができる国へ嫁《とつ》がせたい――というのが、近隣国の王たちの考えである。

「いっそのことハーレムでも作るか。なかなか良い考えだと思わないか」

「ベアトリス陛下とサミュエル陛下に、軽蔑の目で見られてもよいのなら」

ざあざあと降り注ぐ不快な雨が、よりふたりの気分を陰鬱《いんうつ》とさせた。

アルバートは肩を鳴らした。このまま雨雲が過ぎ去るのを待つのは退屈すぎる。

「仕方がない。ふもとの村で馬車を留《とど》めよう。だが翌日までは待てない。しばし休憩した後に、天気に関係なく治療院をめざす」

アルバートの予定は詰まっている。王宮には未決済の書類がたんまりと積み上がっているに違いない。それに年に一度の騎士団の親善試合への出場も決まっている。こういった催しをサミュエルは「野蛮だ」といって興味も示さない。アルバートが王宮に戻らなければ、親善試合は薄ら寒い茶番に変わってしまうだろう。興ざめである。

「母上の様子を見たらすぐに引きかえす」

「御意《ぎょい》」

イザベラの様子をうかがうのは気が進まなかった。物心がついたころからあまり共に過ごすことはなかったとはいえ、母親が弱っているところを見たい子どもなどいない。

（しかし、俺が母上を引き受けた以上仕方がない）

人選としては、自分以外にいなかったと思う。ベアトリスはニカヤの問題から手が離せないし、サミュエルに託せばまたイザベラは依存をする。

イザベラの望みを、アルバートやベアトリスは叶えられない。……おそらくもう、サミュエルも。

馬車を降り、土砂降りの中移動した。家臣たちは濡れるのもかまわず、アルバートのために次々と傘を差し出した。

雨に濡れたくらいで風邪《かぜ》をひくほどやわではない。吹雪《ふぶき》の中進軍してもくしゃみひとつしなかった男である。

「邪魔だ。お前たちは馬をつないでおけ」

アルバートは片手をあげ、家臣たちを下がらせた。

雨宿りのために一等良い屋敷に案内される。

アルバートは、窓の外のシオン山脈をながめた。

灰色にかすみ、まぼろしの景色のようにおぼつかない。

山々の連なりに、アルバートの胸がざわついた。

「ウィル、胸騒ぎがするぞ」

「どのような？」

「あの戦《いくさ》のときに似ている」

アルバートの「あの戦」というのは、決まって初陣《ういじん》のときのことである。

反乱の鎮圧のために身を投じた、一寸先も見えない白の地獄。だがアルバートはあのとき、運命は自分の手の中にあると信じて疑っていなかった。

勝利をもぎとり、王冠をかぶった。剣は己を象徴する強さとなった。アルバートの国璽《こくじ》が勇ましい戦士の姿で描かれているのは、そのためである。

ウィルが用心深く言う。

「しかし、敵が迫っているようにも思えませんが」

このあたりの治安は安定している。アルバートの周囲は部下の軍人たちが取り囲み、常に盤石《ばんじゃく》の警備態勢だ。

「背筋がびりびりするような、予感がする。間違いなくなにかが起こるだろう」

「それはまた。大層な予感のようで」

「単調な毎日の中、ごく突然現れる、人生を変える出来事が俺にはあらかじめわかるのだ。たいていの人間はそれを『勘違い』と言い、みすみす機会を逃すことになる」

だが自分はそうではない——誰よりも勘にすぐれ、圧倒的な国王として君臨してきたという自負が、アルバートにそう言わせていた。

しかし、ウィルは疑っているようである。

「それがこれより起きると？　こんな土砂降りのど田舎で？」

「場所の問題ではない。きっとこれからだな——」

アルバートの言葉の途中で、ウィルがはっとしたように彼の肩をつかむ。

「陛下、大変です。雨漏りをしていたようです」

「……」

ぴしゃりと、床に水滴がはねる。

「なにかが起きると注意していなかったら脳天がヒヤっとしたに違いありません。さすが陛下、勘がするどくていらっしゃる」

「あいにくだが、俺の勘はそのようなくだらんことには働かないんだよ」

アルバートはさらに機嫌を損《そこ》ね、ウィルの手を振り払った。

*

むかしむかしあるところに、夜になると現れる不思議なお城がありました。

昼間にそのお城へ行こうとしても、道がありません。茨《いばら》の茂みが通せんぼして、さらには木々が奥までつらなって、お城は森の中に隠れています。

お城へつながる道は、太陽が沈んだころに現れるのです。

森の城に住んでいるのは、たったひとり。彼女は夜にしか生きられないお姫さまでした——。


雨が降っている。

「お姫さまはどんな人なの、クローディア」

イザベラはたずねた。

「さあ、どんな人なのでしょうね」

これは母親が創作した物語である。母は昼間に出かけられないクローディアのために、彼女を楽しませるような物語を聞かせた。

あのときの母は、まだクローディアをあきらめていなかったように思う。なにしろクローディアは長女だったし、はじめて産んだ子とあって、どんなに母が不自由な思いをしなくてはならなくたって、そばにいてくれた。

そのうち、彼女はたて続けに生まれる子どもたちにかかりきりになってしまったけれど。

きょうだいたちが太陽の下で庭をころげまわり、楽しそうにはしゃぐ声。彼女はカーテンを閉め切った部屋の中で耳をすませるだけだった。

イザベラは不思議そうである。

「なぜ夜にしか生きられないのかしら」

「そういった呪いをかけられているからですよ、ベラさま。続きはまたお話しいたしましょう。もう夜遅いですもの」

「眠る気分じゃないわ」

イザベラは重たい息を吐き出すようにして、そう言った。

彼女は徐々に回復している。エヴァに連れられてミサにも出席できるようになったし、シオン山脈を眺めながら散歩することもできる。

相変わらず文句を言ったり悪態をついたりはしたが、彼女を拘束しなければならない状況は少なくなっていった。

暴れたところで、クローディアがやすやすと押さえつけてしまうので、あきらめたのかもしれないが。

錯乱し興奮しては、熱を出して寝込んでいたときが嘘のようだ。

クローディアがフードをかぶっていても、金色の瞳を晒《さら》していたとしても、イザベラは彼女の存在にすっかり慣れたのか無反応であった。悪魔と呼ばれることはほとんどなくなり、たまにわがままを言うときにだけぽつりとそう呼ばれることもあったが、クローディアはそれを意に介さなかった。

——以前はあんなに気にしていたのに。

瞳のことを気にしなくなったというよりは、気にする余裕もなくなった、という方が正しいかもしれない。

イザベラの回復ぶりにクローディアはほっとしていたが、まだまだ予断を許さない状況であった。

眠れぬ体を持て余し、イザベラはベッドの中で寝返りを打つ。

「なにか面白いことはないの、クローディア」

「面白いことですか」

王太后が喜ぶようなものは、残念ながらここでは見つかりそうになかった。

「ベラさまは王都ではどんな遊びをされていたのですか？」

「乗馬やカード遊び、庭を歩いたりしたわ」

「では、お散歩しますか?」

クローディアの提案に、イザベラはけげんな顔をする。

「みんな眠っている時間じゃないの」

「わたくしがいるので問題ありませんわ。夜のお散歩はわくわくすると、エヴァがよく言っています」

お屋敷にいた頃は、エヴァはクローディアの散歩によく付き合ってくれた。今は同室のシスター・エリンの目があるので抜け出すことはできない。もっぱら夜歩きはクローディアだけの特権である。

(イザベラさま……よくなっていらしたとはいえ、いまだに三人の国王陛下がたに対して複雑な思いを抱いていらっしゃるようなのが気になるわ)

アルバート、ベアトリスにかんしては「サミュエルと引き離した悪者」として。

そしてサミュエルにかんしては、「悪い女に騙《だま》され母親を裏切った、おろかな息子」として。

イザベラの恨みと悲しみは、簡単には消えないようだった。占い師ノアがそれを彼女に植えつけたとしたのなら、たいしたものである。

本人が国外追放されたとしても、ノアの星読みは呪いとなり、イザベラをがんじがらめにしたままであった。

彼女が心を乱すのは、サミュエル国王や、彼と引き離される原因となったものを彷彿《ほうふつ》とさせるなにごとかがあったときのみ。そう、クローディアの黒いフードのような。

イザベラの心の傷をいやすためには、イザベラ自身がその傷を明らかにする必要がある。必ずしもクローディアに打ち明けなくともよい。神父さまがいらしているときに告解《こっかい》をするのでも構わないし、もっと簡単に、日記帳に書きつけるところから始めてもよい。少しでも心の奥のどろどろとしたものを、吐き出してくれれば。

イザベラに、そう提案してみようか――そう思っても、クローディアは動けないでいた。不用意に彼女の心の傷をほじくりだすことは、いちばん危険なことのような気がした。エヴァも同じように感じているのか、イザベラには腫《は》れ物にさわるように接している。

それを察してか、イザベラはエヴァを前にすると気難しくなる。エヴァもそれを受けてうまくたちまわれなくなる。マザーの正論は、イザベラには通じない。

シスターたちとイザベラは、ぎくしゃくとしたままだった。

ずっとこのままなんてこと……いけない、悪い想像はやめなくちゃ。

クローディアは頭を振って、精一杯明るい声をあげた。

「気分転換が必要ですわ、ベラさま」

イザベラに上着を羽織らせ、さらにその上から雨よけの外套《がいとう》を着せかける。襟巻《えりま》きをしっかり巻いて、耳当てをつけた。イザベラも外に出たかったのか、唯々諾々《いいだくだく》としたがっていた。春の終わりとはいえ、風が吹けば体の芯から凍えてしまうような気候である。イザベラの部屋も、彼女が眠るまでたえず暖炉に火が点《とも》されていた。

クローディアには不要なものであったが、イザベラにはカンテラを持たせた。彼女は大きな傘を手にし、イザベラを連れて治療院の外へ出た。

冷たい風が、さらさらと山肌を撫でるようにして吹いていた。

しめった雨の匂《にお》い。芽吹き始めた緑の匂い。それらが風に乗って、クローディアのそばを通り過ぎてゆく。外は冷えていたが、心地よかった。

昼間、地上を海に変えようとするかのごとく降り続けていた雨は、今はぱらつく程度。

「ベラさま……？」

歩きだしてしばらくのこと。やにわに、イザベラの様子が変化した。

「サミュエル！」

彼女は地面を蹴り、突然走りだしたのである。

「ベラさま、お待ちくださいませ！」

先ほどまで落ち着いていらっしゃったのに――。

クローディアは蒼白になった。こんな時間に王太后を見失うわけにはいかなかった。

イザベラの持つカンテラの明かり。夜闇のなか頼りなく揺れるそれを、クローディアはけして見逃さなかった。雨に濡れるのもかまわず傘を捨てて駆けだすと、すぐにイザベラの手をとらえることができた。

「お待ちくださいませ、行きたい場所があるのならわたくしが――」

クローディアは、言葉を呑みこんだ。

イザベラの視線の先には、馬上の青年がいた。がっしりとした体躯に、精悍《せいかん》そのものの面立《おもだ》ち。驚いたように暗い緑の瞳を見開いている。黄金色の髪は、クローディアが畏怖《いふ》する太陽に似ていた。

馬のいななきが聞こえ、しばし男に見とれていたクローディアははっとした。

(姿絵で拝見したままのお姿だわ、間違いない。なぜ……アルバート陛下が御自《おんみずか》らここに……)

先触れの連絡はなかったはずである。

彼の周囲には身なりの整った男たちが並んでいたが、青の陣営の旗は掲《かか》げていなかった。

イザベラは身分を隠してエルデール治療院に入った。その配慮というわけか。

風がまい上がり、クローディアのフードがめくれ上がった。栗色の髪がこぼれ落ちる。

真夜中なので油断して、だらしのない格好のままである。クローディアはあわててフードを押さえると、イザベラの名を呼んだ。

「ベラ様、危ないですわ。こちらへ」

「サミュエル……」

イザベラの声はかすれていた。アルバートが馬から降り、母の前に立つ。

彼女の顔はみるみる落胆の色に染まる。

「――母上。残念ながら俺はアルバートです」

「……あの子は、会いに来ないのね」

「はい」

「王太后さま、雨に濡れてしまいます。早く治療院へお戻りを」

控えていた赤髪の男が、イザベラを支えるようにして歩きだす。おそらくアルバートの王杖のウィル・ガーディナー公であろう。

アルバートは雨に濡れた髪をかき上げ、あらためてクローディアを見た。

「お前がクローディア・エドモンズか」

「……はい」

「なぜ顔を隠す」

クローディアはフードを押さえたままうつむいている。

「畏《おそ》れ多いからでございます」

「母上はずいぶん回復していたな。『サミュエルが来ない』ことをみずから口にできるようになるとは。以前は夢の中でしか呼吸ができないありさまであったというのに」

「イザベラ王太后さまの努力の賜物《たまもの》でございます」

「あの母上が努力などできるはずもない」

アルバートの物言いに、クローディアは言葉を失った。

たしかにイザベラはアルバートを恨んでいるようだ。「サミュエルから私を引き離した」と何度も繰り返している。アルバートもそれをわかっていて、母のことについては匙《さじ》を投げているのかもしれない。

(私が思っている以上に……イザベラさまと国王陛下がたの関係性は冷え切っている……?)

ノアの薬の副作用によって、イザベラの神経は過敏になっている。アルバートやベアトリスのなにげないひとことが、彼女にとっては剣の切っ先のようにするどく感じることもあるのかもしれない。そう思ってはいたけれど……。

アルバートの冷淡さに、クローディアは、自分の想像はかなり甘いものだったのではないかと思い始めた。

(緑の陣営はノアによってめちゃくちゃにされていたというわ。そしてノアを王宮に引き入れたのはイザベラさま。王たちがイザベラさまをどう思っているか……)

親子の情よりも、国王としての決断。

イザベラが産んだ子どもたちがひとり残らずそれを優先しなければならないのなら、母としての彼女の気持ちは置いてきぼりになる。

「母上の世話はたいそう骨が折れるだろう。理屈の通用しない女だ」

「人は、どれだけ自分を律《りつ》していたとしても、理屈通りに動けないことはありますわ」

「ほう」

「それが母親というものではないでしょうか」

不意打ちの出会いだったからだろうか。思わずクローディアは本音をこぼしていた。

我に返り、クローディアは蒼白になる。

王の前だ。とんでもないことでございます、イザベラさまのお世話ができるなど身に余る光栄です、と言えばよかったのに。

「た……大変失礼いたしました。陛下、わたくしは……」

「なに、構わん」

アルバートは愉快そうである。

「他にあの人と接して、なにか思うことはあるか」

「……おたずねしたいことがあります。まだお聞きするわけにはまいりませんが」

彼女が、悪夢を見始めた原因。

子どもたちについて。

ベルトラム一族の中に取りこまれ、子を国に差し出し続けた彼女の、苦悩について。

勝手な想像をすることは簡単だ。これはあくまでクローディアの……想像力豊かな自分の、ひとりよがりな解釈に過ぎない。

「母上にたずねたいことがあると？　いいとも、俺が代わりに教えてやろう。母上のことならなんでも答えてやるさ」

「いいえ、それには及びません」

クローディアはゆっくりと続けた。

「イザベラさまのお口からお話ししてくださらなければ、意味がないのでございます」

はじめはクローディアも、侍女に手紙を書いてみようかとか、スコット医師からもっと情報を聞き出せたらとか、あれこれと考えていた。

しかしすべてはイザベラが心を開かなくては……イザベラが過去に対するかたくなな気持ちをほどいてゆかなくては、意味がないのである。

いくら周囲が過去の出来事について想像をふくらませたところで、イザベラの状況はいっこうに良くなることはない。

むしろ伝聞による情報で知ったような態度を取られ、傷つくだけだ。

彼女と接するうちに――クローディアも少しずつ、そのことに気がついたのだ。

「それでもわたくしたちは、イザベラ王太后さまの回復を信じております。辛さは喜びに変わるでしょう、かならず」

「厄介者《やっかいもの》を押しつけられた不憫《ふびん》なシスターかと思っていたが、なかなか」

アルバートはつかつかとクローディアのもとへ歩み寄ると、やにわに彼女のフードを取り払った。

「……‼」

アルバートは目を見張る。彼の瞳と視線がかちあう。はっきりと、アルバートはクローディアを視認していた。

見られた。

この異形《いぎよう》の瞳を。ここに隠れ住まわなくてはならない理由を。

太陽の光は、けして私を許さない。

「——失礼いたします、陛下」

「待て」

クローディアは駆けだした。山歩きで鍛えた彼女の足腰は頑丈ですばしこく、そして暗闇はクローディアにとってなんの障害にもならなかった。

「あの女……」

アルバートは、彼女の残像をつかみ取るように指先で宙をかいた。

駿馬《しゅんめ》のように走りだした彼女を、アルバートはみすみす取り逃がしてしまったのである。

歌劇場には紳士淑女が詰めかけていた。

女優が悲しげに恋の歌を歌う。カスティア国の女優は年々質が落ちている。数十年前は劇場きってのスターが幾人も誕生していたというのに、今や顔も歌も並以下のつまらぬ役者しかいない。

世情をあらわしているのかもしれない——。

カスティアには言いようのない閉塞感《へいそく》が蔓延《まんえん》していた。

イルバスを手に入れることも、ニカヤを手に入れることもかなわなかった。特に六十年前の戦では勝利は約束されていたはずだった。アデール女王が姉から王冠を受け継いでリルベクにたてこもり、果敢《かかん》にも反撃に出るまでは。

そして、先だってのニカヤ侵攻もイルバスに阻《はば》まれる。近頃のカスティアの若者には覇気がない。夢を見られぬ時代に生まれたのだから、当然なのかもしれない。

自分が若いときは、まだこうではなかったはずだが。

しかし彼の場合、青春を謳歌《おうか》するというような生活からは程遠かった。

老人は劇場を見下ろしていた。はるか昔、まだ彼が幼い子どものころ——。父親に抱かれて、彼はさまざまな土地を転々としていた。

地獄の番人に見つかれば、殺されると思っていた。

老人はポケットから古びたペンダントを取り出す。

ロケットにしまってあるのは、きつく編みこまれた、燃えるような赤髪である。

「お連れ様が到着しました」

支配人の声に、老人はゆっくりとペンダントをしまう。客人のために杖《つえ》をついて立ち上がり、帽子をとって会釈《えしやく》をしてみせた。

「やあ、どうも。遠路はるばるお呼び立てしてすみませんな」

目尻にしわを刻み、いかにも好々爺《こうこうや》といった笑みを浮かべる。

芝居の途中であるが、そもそもこのボックス席を取る者は観劇が目的ではない。おおっぴらにできない噂話や、道ならぬ男女の逢《あ》い引き、まだ公《おおやけ》にはできない取引をするため――。支配人もそれをよく心得ている。

扉が閉まり、支配人が去ってしまうと、老人は口をひらいた。

「イルバス語を使うのは久方ぶりでしてな。お聞き苦しくないといいのだが」

「お上手ですよ」

もちろん、自分が聞き苦しいイルバス語を話しているなどと、老人は露《つゆ》ほども思っていないのだが。自信のないふりをしておけば、相手は油断するであろうと思ってのことだった。第一印象は大切である。

　これから重要な取引をしなくてはならない。相手の気持ちをほぐしておくにこしたことはない。

「それはよかった。ぜひともあなたとよき友人になりたいと思いまして、実は思い出すために特訓をね。年を取ると忘れっぽくなっていけない」

「友人ね。イルバスのどの陣営にも属さない私に、どのような御用向きで？」

　男は少し前までギネス男爵《だんしゃく》と呼ばれていた。今はただのギネスという姓を持つ男である。やぶれかぶれの口調で、体臭《たいしゅう》にアルコールの匂いが混じっている。深酒が常態化しているようだ。

　濃く出した紅茶色の髪に、薄い茶色の瞳。まだ三十代にさしかかったばかりで、顔立ちも悪くない。だが非常に傷つきやすくプライドの高い男のようで、今の自分に満足していないことはたしかだった。

「緑の陣営にいらしたのでは？」

「爵位を売ったのです。占い師ノアは失脚したが、貴族には戻りませんでした」

　戻りませんでした、と言うギネスのくちびるは震えている。

　戻らなかったのではなく、戻れなかったのだろう。

　占い師ノアが緑の陣営の爵位を買い取っていたことは、老人の耳にも入っている。そしてそれほどまでの大罪を犯した男が「国外追放」で済んだということも。

「私とて、好きで爵位を売り払ったわけではない。やむにやまれぬ事情があってのこと」

「そうでしょうとも」

「貴族に戻れるのは、サミュエル国王が選んだ人物のみ。彼に気に入られなければ爵位は戻らない。どこでどう私という人物を『正確に判断』することができるんだ、あの鳥籠《とりかご》の王子様に？　いいかげんな決めつけで私を締め出してしまうとは」

舌打ちをすると、彼はワインをあおった。支配人が置いていったものである。

舞台では女優が去り、現れたのは騎士たちだ。剣をかかげて勇ましく歌っている。

「私とて、機会さえあれば実力を発揮できたはずなのです。なのに今はどこから連れてきたのか、サミュエル陛下は女の王杖を迎えた。多くの者が、あのサミュエル陛下が小さな子供であった頃から彼に仕えていたというのに――それもいやいや仕えていたやつらばかりですよ、あんなわがまま王子。そういった人間に褒美《ほうび》も与えず、ばかにしていると思いませんか」

「ベルトラム王家は異質ですからな」

老人はみずからのグラスにワインを注いだ。血のような赤がグラスの底で跳ねる。

赤は老人がいっとう好きな色である。

「王が三人など、不合理きわまりない。そういった不合理を平気で無視する連中だから、右も左もわからない小娘が国璽を押しても構わないと思っているんです」

「そうでしょう」

ギネスはくちびるをぬぐう。充血した瞳で、力強く同調する。

ギネスの憤怒《ふんぬ》の感情を煽《あお》るように、老人は付け加える。

「まったく、ままごとみたいに人を集めちゃ、派閥《はばつ》争いだけは立派にしているんですからね。年寄りから見ればあんなもの、遊戯と変わりませんよ。カスティア人からすればイルバス王室は若者の遊び場も同義です」

「そのような不毛な派閥争いが生まれた結果どうなるか。我々のような財産を持たない貴族は追われる立場です。どの陣営も私をほしがらないのですから」

「お気の毒に」

老人は眉を寄せ、しわくちゃの手を差し出した。

「王たちは見る目がない。私がお力になれることがあれば良いのですが」

「もちろん、あなたにおすがりするしかないでしょう、今の私には」

「あなたの気持ちはよくわかる。痛いほどにね。それでは――私に誓約をしていただけますかな」

呼び鈴《りん》と共に、支配人が顔を出す。トレーの上には、羽根ペンとインク壺、そして一枚の誓約書が載《の》っている。

芝居はフィナーレである。女優の胸に深く突き刺さったナイフで、男たちの恋は終わる。どれだけ勇ましく登場しても、するどい剣を突きかざしても、死んだ女は元には戻らない。

――死んでしまえば、そこで女の歴史は終わるのだ。

インク壺にペン先を浸《ひた》す、ギネスの手は震えている。

アルコールのせいだけではないだろう。

「あなたの人生は、この老いぼれがしかと導きましょう」

老人――ジュスト・バルバは、野心にまみれた瞳をぎらつかせ、そう言った。

＊

アルバートは礼拝堂で椅子にどかりと腰をかけた。

女子修道院のシスターたちは突然の彼の訪問にあわてふためいた。身分を隠してやってきたとはいえ、女子修道院長や一部のシスターたちは彼の正体を知っている。アルバートを雨の中、野ざらしにするというわけにはいかなかった。

マザー・アリシアは雨に濡れたアルバートをみずからの部屋へ案内しようとしたが、夜中に女所帯に押しかけたこともあり、彼は礼拝堂で休ませてくれればよいと言ったのだ。

聖エルデール教会には急遽《きゅうきょ》明かりが灯された。アルバート一行の体を温めるため、ありったけの毛布がかき集められ、チーズやパン、ワインなどの食糧が運びこまれたのである。

「お構いなく」

青の陣営の軍人たちは野営に慣れている。屋根がなくとも夜を明かすすべを知っているのだ。そのためウィルが申し訳なさそうに言ったが、シスターたちはかいがいしく動き回った。

アルバートは彼女たちを目で追った。

「あのシスターはいないのか」

王のマントの水気をぬぐうマザーに、彼はたずねる。

「あのシスターとは……」

「金色と紫の瞳の」

「ああ、シスター・クローディアでございますか」

「そう、クローディア・エドモンズだ」

「ここではシスター・クローディアでございます、アルバート国王陛下」

マザーはやんわりとそう正した。国王相手でもどっしりと構えて物怖《ものお》じしない。アルバートは彼女を気に入った。母を任せるならば、このような肝《きも》の据《す》わった人物に監督してもらわなくてはなるまい。

「彼女は今、ベラさま……イザベラ王太后さまのお世話にあたっております」

「ここへ連れてくることは？」

「本人に聞いてみますが……」

彼女は困ったように言葉をにごす。

それを見て取ったウィルが、とりなすように言う。

「アルバート陛下。もう夜も遅いのですし……」

「わかっている」

アルバートは先ほどの出来事を反芻《はんすう》していた。

金の瞳と紫の瞳。うねる栗色の髪。憂《うれ》いを帯びた表情。

そして、アルバートの予想をはるかに上回る、脱兎《だっと》のごとき身のこなし。

クローディアは、まるで闇の妖精である。

「──やはり俺の勘は、間違っていなかったか」

アルバートはくつくつと笑いだした。

ウィルはそれを、気味が悪そうに見ている。

「どうかなさったんですか、陛下」

抱いた女の顔など翌日には忘れているアルバートだが、彼女の顔だけは、とうぶん忘れられそうにないだろう。

あのときくすぶっていた言いようのない胸騒ぎは、クローディアの登場を予見してのものか。

アルバートの直感が告げている。彼女は俺のイルバスにふさわしい女であると。

「なに、本人が嫌がっても引きずり出すまでだ。俺は王なのだからな。命令には背《そむ》けまい」

アルバートは自信たっぷりにうなずいた。

＊

――見られてしまったわ。

クローディアはげっそりとした顔で、鏡と向き合っていた。

この瞳を。イザベラさまのお世話係を続けるためにも、隠し通しておきたかったのに……。

まさか、よりにもよって、アルバート陛下ご本人が治療院へおとずれるとは――。

左右の瞳の色が違うなど、悪魔のようで不吉だと思われたに違いない。王太后の世話係にはふさわしくないと判断されたら……。

(そもそもわたくしは不敬な発言を……)

イザベラ王太后の病にかんして、えらそうにもの申してしまった。王宮からイザベラと共にやってきたスコット医師ならまだしも、クローディアはただのシスターなのである。

——不思議だわ。あれだけ気が進まなかったお世話係なのに。

やめさせられるかもしれないと思うと胸が重たくなる。

今は、ただ静かにイザベラの回復を祈ることができる。過去に縛られた彼女が、いつかその言葉で我が子たちの前向きな「未来」を語れるときがくればよいと。

自分のことすらままならないわたくしなのに。いったいどういうことなのかしら。

（それより、のんきにお世話係をやめさせられるかも、なんて思っている場合じゃないかもしれないわ。修道院を出ていけと言われたら……）

さあっと血の気《け》が引いて、クローディアは途端におろおろしはじめた。

アルバートがクローディアの態度に怒り、その見た目に不快感をもよおし、母のそばには置いておけないと思ったなら、そういったこともありえるだろう。

エルデール修道院から出るはめになったとしたら、いよいよクローディアもどうしてよいのかわからない。お先真っ暗である。

「シスター・クローディア。アルバート陛下がお呼びです」

マザー・アリシアの声だ。

あまりにも驚いて、鏡に手をついてしまった。そっと手のひらを離すとぱきぱきと音をたてて、鏡面《きょうめん》にヒビが入る。やってしまった。

おそるおそる、粉々になる寸前の青ざめた自分に向かって、声をあげる。

「マザー……陛下がわたくしを？」

「陛下は夜明け前に出立《しゅったつ》されるそうです。その前にあなたにお話があると。今はベラさまのお部屋にいらっしゃいます」

（出っ……出ていけと言われるかもしれないわ……）

あのような者が母上の世話をしているなど汚《けが》らわしい。即刻首をはねろ！

アルバートが命じ、王杖のウィルがすらりと剣を抜くところを想像し、クローディアは身震いをした。

「ごめんなさいお父さま。先立つ不孝をお許しください」

「なにを言っているの、シスター・クローディア。陛下がお待ちなのよ」

十字を切るクローディアを引きずるようにして、マザーはきびきびと歩く。

逃げ出してしまいたいが、国王の命令とあっては断るわけにもいかない。目の痛みを言い訳にしようにも、太陽はまだ眠っているのである。

クローディアはフードをかぶり、精一杯気配を消してイザベラの部屋へと向かった。そこにはすでにアルバートがおり、母親の寝顔をながめているところだった。

イザベラは深い眠りについている。

「……お待たせいたしまして申し訳ありません。シスター・クローディアでございます」

「フードを取れ」

アルバートは視線も向けずにそう言った。

窓ガラスには、隠者のようにフードをかぶるクローディアがうつっている。

クローディアは、震える手でフードに手をかける。

「アルバート陛下」

たしなめるようにウィルが声をあげるが、アルバートは意に介さない。

「俺の前で隠し立ては無意味だ」

クローディアは、フードを取った。栗色の髪が肩に落ち、金の瞳と紫の瞳が現れた。

蠟燭《ろうそく》の明かりに照らされて、それは残酷なほどはっきりと浮かび上がった。

アルバートは彼女の方を振り返ると、目をすがめた。

「猫のような目だ」

やはり。アルバート陛下は、わたくしの目を魔性《ましょう》のあかしだと思っている。

緊張のあまり乾いてはりついたくちびるを、どうにかこじ開ける。

「わ……わたくしの目の病は……うつるものではございません」

クローディアはか細い声で言った。

「生まれつきこのような目をしておりますが……わたくしのきょうだいたちはみな両目とも紫色の瞳をしており……金の瞳を持つ者はおりません。それに視力はいたって問題なく……夜にかぎればの話ですが……なので、王太后さまにご迷惑をおかけするということは……」

「夜にかぎれば、見えすぎるほどだと」

アルバートはクローディアの方へ向き直り、おとがいをつかんだ。

クローディアは息をすることも忘れてしまった。目を合わせるには、あまりにもアルバートはまぶしすぎた。

暗い緑の瞳が、荒々しくクローディアを品定めしている。

これが太陽の血を持つベルトラムの一族。

身震いがする。

視線にすら強い光が宿っている。

――焼かれてしまう。彼という存在に、わたくしは焼き尽くされてしまう。

クローディアは、こぶしをにぎりしめた。

「さ……先ほどの不敬な発言について……心から謝罪いたしますわ、陛下」

「不敬？」

「わたくしでは頼りなく思われるのも当然のことかと存じます。ですが……願わくばどうかお役目をこのままつとめさせてくださいませ……」

クローディアから手を離すと、アルバートはまじまじと彼女を見つめた。

「王宮の侍女《じじょ》になりたいとでも？」

「いいえ。わたくしの居場所は生涯この女子修道院になるでしょう」

　クローディアは勇気をふるいたたせて続けた。

「この瞳は太陽の光にめっぽう弱く、熱を帯びてわたくしを苦しめるのです。そのためにわたくしができる奉仕活動は限られております。イザベラさまのお世話係は、わたくしがこの修道院で見いだした——かけがえのないお役目のひとつなのでございます」

「特別な褒賞《ほうしょう》がほしいと？」

「なにもいりませんわ、陛下」

「欲のない女だ」

　アルバートは淡々と言う。

「そうまでして母上の世話係に固執する理由は、お前にはここで満足な仕事も与えられていないから、ということでいいのか？」

　陛下、とウィルが声をあげる。

　クローディアの胸に、ぐさりとアルバートの言葉が突き刺さってくる。

（そう。わたくしにはこれといって特別なものがない。人よりできないことは多くとも、人よりできることはずっと少ないのだ。そのためにイザベラさまを利用しているのではないか——。アルバート陛下がおっしゃりたいのは、そういうこと……）

　クローディアは両の瞳で、しっかりとアルバートを見た。

　強すぎる太陽の光をおそれるのは、当然のことだ。恐怖は見ない振りをしていても、必ず自分のそばにいる。それをないものにすることはそもそも不可能なのである。

「……そういった事情があることは、否定いたしません。ですがこれはイザベラ王太后さまとわたくし、ふたりの戦いなのでございます」

　アルバートは愉快そうに笑い、クローディアを見下ろした。

「その目、嫌いではない。俺はな」

　クローディアはあわてて顔を伏せる。

「母上の世話係、ぜひとも続けてもらおう。お前のおかげでこの人が回復しているのはたしかなようだ。──俺と話すときは目をそらさないでもらおうか」

　クローディアはびくりとして顔を上げた。

「すみません。わたくしの癖《くせ》で……」

「ならば今日からそれは改めるのだな」

「……陛下。わたくしの目は……気味が悪くないのですか……」

「どこがだ」

　アルバートは吐き捨てるように言った。

「サミュエルの瞳だって、不思議さからしたら似たようなものだ」

クローディアはきょとんとした。

サミュエル国王は、苔《こけ》のようにまだらな緑の瞳をしているという。クローディアは実際にそれを見たことはない。母上もじきに目覚めるだろう。俺はもう行かなくてはならない」

「夜が明ける。母上もじきに目覚めるだろう。俺はもう行かなくてはならない」

「お話しをされずともよろしいのですか」

「母上はそれを望んではいない」

アルバートは短くそう言うと、クローディアに一瞥《いちべつ》をよこした。

クローディアは目を伏せたりせずに、それを受け止めた。


雨雲はひきあげ、空には弱々しい太陽が顔を出している。あのようなおぼろげな光でも、痛みを伴うだろうか。アルバートはぼんやりと例のシスターのことを考えた。

馬をあやつり、山をくだる。道すがらウィルが話しかけてくる。

「アルバート陛下」

「なんだ」

「クローディア・エドモンズはおやめください」

「なんだ、お前もほしくなったのか。彼女は黒髪ではないが」

「そういうことではありません、目の病気のことがあります。日中外に出られないとなると、公務に差し障《さわ》りがある。彼女は王妃にふさわしくない」

ウィルは諫《いさ》める口調である。

「エドモンズ伯が彼女を隠していたことにも納得がいきました。そのような事情があるのならば、娘を表に出せなくとも仕方のないこと」

「すべてはお前の推測だ」

「ですが――」

アルバートはウィルの言葉をさえぎった。

「俺の勘が彼女だと告げているんだ。それにエドモンズは多産の家系、条件も申し分ない。幸いこのような山奥で修道女なんぞをしているからには他の男にとられる心配もあるまい。残念ながら公務の予定が詰まっている、口説くのはまた次の機会だ」

ようやく見つけた。ひときわ輝く黄金の果実を。

念のため若い護衛官たちは配置換えをしておこう。そしてここに居残る男たちには、くれぐれもシスターにはちょっかいを出さぬよう、命じておかなくてはならない。これは女子修道院の性質上、当然のことであるはずなので、命令としては筋が通っている。

「陛下」

ウィルが言いづらそうに口をひらく。

「クローディア嬢とて、選ぶ権利がございますが」

「俺は女に断られたことなどない」

アルバートは自信たっぷりに言う。ウィルは複雑そうな顔になった。

「おいたわしい。二十代も半ばになってから……今さらそのような苦しみを味わうことになるとは」

「おい、なんなんだ。俺が袖《そで》にされるかのような物言いは」

アルバートは腹が立ち、馬に鞭《むち》を入れて加速した。

イザベラ王太后さまとわたくし、ふたりの戦いなのでございます――。

そう言ったときのクローディアの目に、強い意志を感じ取った。

（ようやく手ごたえのある女が現れたな）

ごますりやお追従《ついしょう》を得意とするものはアルバートの周囲にはくさるほどにいる。彼らはその場だけをやりすごせばよいと思っている。とにかく今をごまかすのに必死で、あとさきは考えない。男も女もそれは変わらない。

クローディアは、そういった人物とは、まったく違っていた。都合の悪い事実をごまかさなかった。これは王杖を選ぶとき、アルバートが重視した点である。

どのように勇ましい男たちでも、アルバートを前にすればひざまずいて頭《こうべ》を垂れるほかない。彼の強さを前にして、本心とは裏腹の言葉を述べることもある。彼が国王だからというだけでなく、ベルトラムの血がそうさせるのだ。

クローディアとて、ひるんでいた。だがけして自分を粉飾せず、ありのままの姿でアルバートと話をした。それがどんなに難しいことであるかは、アルバート自身がよくわかっている。

彼女が男であったなら、軍人であったなら、一目置《いちもく》いていたに違いないが。

そう、しょせんはクローディアも無力な女に過ぎない。

女はいつだって護《まも》られたいと思っている。男に頼って一生を安心して過ごしたいと思っている。——ただひとり、生まれながらにして女王になることが決まっていた妹のベアトリスをのぞいては。

だからこそ、アルバートの周りには女が群がるのである。彼女たちはアルバートが少しばかりほほえみかければ、なぎ倒されたように恋に落ちてしまうのだ。

恋に落ちるとは便利な言葉だ。運命を他人のせいにできる。自分が幸福なのはあの人と出会ったおかげ、自分が不幸なのはあの人の愛が手に入らないからというわけだ。女たちはそうして自分の人生の舵取《かじと》りを手放すのである。

クローディアも、修道女とて女。例に漏《も》れずというところだろう。恋の呪縛《じゅばく》で自由を奪ってしまえばいい。

厄介なのはこの距離だが、なに、手紙のひとつでも書いて、喜ばせてやろう。彼がたったひとことしたためるだけで、女たちはそれをまるで天国への入場券でもあるかのように大事にする。そのうち王宮に呼び出して贅沢《ぜいたく》をおぼえさせれば、すべてはうまくいくだろう。

運命の相手など出会ってしまえばこっちのもの——このときまでアルバートは、そう思っていたのである。

＊

「えっ。お返事をまだ書いていないのですか？」

エヴァが例のごとく三度まばたきをして素《す》っ頓狂《とんきょう》な声をあげるので、クローディアはしいっと唇に指先をあてる。

月に二度ひらかれる夕方のミサはクローディアも参加できる。その帰り道、薬草を摘《つ》みながらのできごとである。

「他の方に聞かれたらおおごとなのだから、声をおさえて」

「す、すみません」

エヴァは周囲をきょろきょろと見回して、聞き耳を立てている者がいないことをたしかめる。

「でも、まずいですよ。国王陛下からのお手紙になんの返事も書かないなんて……」

「きっと、突然の訪問でみんなを驚かせてしまったから気遣ってお手紙をくださっただけよ。返事を必要としているものではないわ」

アルバートから手紙が届いたとき、無礼を叱《しか》る手紙かと思いおそれおののいたのだが、内容は思わぬものであった。突然の訪問に対する詫びと、王宮への招待。

――なんだか、物語の主人公になったみたいね。

できすぎた展開に思わず目を疑ったのだが、アルバートは言葉以上にイザベラの回復を喜んでいると思っていいのかもしれない。親子の確執があるため母親と長いこと会話することがままならないから、クローディアを呼び出して様子を聞こうというのだろう。

しかし、クローディアは日中に移動することができない。夜に馬車で移動するのは危険であるし、昼間に移動するならクローディアのためにさまざまな準備や手配が必要になる。

さすがに一介のお世話係にそこまでしてくれるとは思わなかったので、クローディアはその役目を自分の監督役であるマザーにお願いすることにしたのだ。

それでも手紙を受け取った以上、自分からなにか書いた方がいいのだろうかと悩んだりもしたのだが……。

『返事を書きたければ修道院の周囲を警護している護衛官に渡すように』と書いてあったが、クローディアはとうとう便せんを数枚無駄にしただけであった。

アルバートの「返事を書きたければ」という言葉尻にも引っかかっていた。つまり、書かずともよいということである。

もっと裏を読めば、書いたとしても、読むとはかぎらないし、読まない可能性も十分ありえるということで――……。

そういった手紙は、おうおうにしてたいして重要でない内容であり、クローディアはその手の「他愛《たわい》ない手紙」を交換する相手など、父親くらいしかいなかった。それか五歳の妹レイラが文字をおぼえる練習がてら、つたない字で送ってきてくれるだけのもの。

そう、クローディアは文通に慣れていないのだ。

（ましてやアルバート陛下相手に……）

洗練されていない手紙を送ったりしたら、恥をさらすだけではないか。アルバート宛の手紙は、宮廷の女性たちからあふれるほどに届いているはずだ。クローディアの手紙など見劣りするはずである。父は彼の部下なのだし、かかなくてもよい恥をかかせるかもしれない。

エヴァは待ちきれないとばかりにうずうずとしている。

「で、お手紙にはなんと書いてあったのですか？」

「わたくしが望むなら、王宮へ招待してくださると」

「そ、それってすごいことではないですか。アルバート陛下は今花嫁捜しに熱心だというもっぱらの噂ですし、もしかしてクローディアさまのことを見初《みそ》めて……!?」

ついにエヴァのまばたきが九度になった。

花嫁捜し……？

クローディアは手を止める。

アルバート陛下の花嫁候補が、わたくし……？

クローディアはみる間に空想の世界に入っていった。

修道女となってからは袖を通したためしのない、シフォンやフリルがたっぷりのドレス。宝石のついたアクセサリーに、レースの靴。クローディアが一歩踏み出すと、ヒールがぽきりと折れる。

『あの王妃さま、本当になんでも破壊されるわよね』

『この間なんてティーカップを六つも！』

『いやあねえ、ドレスなんて何着あってもびりびりにされて。おかげで国庫は空っぽよ』

『おまけにあの瞳。おそろしくて目を合わせられないわ』

クローディアの手から、薬草の葉がぱらぱらと散ってゆく。

「お嬢様、いかがなさいました？」

エヴァが声をかけるが、彼女の意識は空想の中から戻らない。

脳内のアルバートが、怒りのあまり顔をひくひくと引きつらせている。

『クローディア。お前を離縁しようと思う。あちこち壊されて修繕費がかさむのでな』

『そんな、陛下！　わたくし、これからは気をつけますわ』

『エドモンズの昇進もなかったことにさせてもらう』

『父のことだけはどうか……どうかお許しを！　わたくしが壊したものは、働いて弁償いたします』

『その目、その怪力で、どこに働き口があるというんだ。胸に手を当てて考えてみろ』

　クローディアは思わず心臓を押さえた。ない。修道院ですら役回りを求めるのに四苦八苦していたというのに。こんな自分につとまることなどあるわけがなかった。

「お、お嬢さま。どうかなさいましたの、胸が痛みますの？」

「わ……わたくし……」

　クローディアはしぼり出すようにして言った。

「まだ、ティーカップは四つしか割ってないわ」

「ええ」

「でも働き口がなくって、それで困っているのよ」

「……陛下の手紙の返事で困っているのでは？」

　エヴァの言葉で、ようやく現実に戻ってこられた。よかった。修道院のティーカップを四つ破壊したことは変わらないが、少なくとも靴にヒールはついていないし、父の出世が阻まれたわけでもない。

クローディアは咳払いをする。

「アルバート陛下ともあろうお方が、日中に外に出られない女をわざわざ選ぶわけないわ。形式的なねぎらいのお言葉でしょう」

薬草を籠に詰め、クローディアはため息をつく。

そう。ちょっと想像すればわかることではないか。

クローディアに目の病があって、日中に活動できなくて、ちょっと力が強すぎて修道院の備品を次々と壊していることは、彼の耳にもしっかり入っているはずである。そんな人間を王妃にと望むだろうか？　絶対にあり得ない。

「ええ……でもぉ……」

エヴァはなんだか納得いかないという様子で、ぶつぶつと異議を申し立てている。

エヴァがいつまでもクローディアの結婚をあきらめていないのは困ったことだった。彼女はこの生活が本意ではないので、気持ちはよくわかる。このままクローディアに付き合って一生修道院暮らしは不憫《ふびん》である。

離れるのは辛いが、エヴァのためにも妹たちに事情を話して彼女のことを頼まないと。

もったいないですよ、今からでもお返事を書かれたら、と繰り返すエヴァに言い聞かせるようにして、クローディアは口をひらいた。

「わたくしがすべきなのは手紙を書くことではないわ。祈ること、こうして薬を作ること、そして掃除をすることよ」

イザベラがよく眠れるという薬湯は、最近はクローディアが手ずから作っている。何度も作っているうちに加減をおぼえて、カップを壊すことも苦すぎるクリームになってしまうこともなく、スコット医師もお墨付きの薬湯をこしらえることができるようになってい た。不眠で悩むほかの患者やシスターにも評判がよい。イザベラの世話係となってから以前よりもシスターたちと交流することが多くなり、クローディアの世界も少しずつだが広がっていった。

イザベラが薬湯作りを任せてくれるようになった。そのことひとつが、クローディアにとっては小さな期待と自信につながったのである。

(おそらく、イザベラさまはなんとも思っていないのでしょうけれど)

最近はベラさまと呼んでも怒られない。クローディアの刺繍に口を出すけれど、けしてできばえをなじったりはしない。

イザベラは、もともとは優しい母親であったのではないかと思う。

ただその優しさが、王たちの成長には影響をおよぼさなかった。それが自分を否定されたようで、辛く歯がゆかったのでは――イザベラの口からなにも聞けていない以上、これはクローディアの想像に過ぎないのだが。

「アルバート陛下からお手紙をいただけるなんて、すごいことなんですよ！」

ぼうっとしているクローディアに向かい、エヴァは口すっぱく繰り返している。

「そうね。わかっているわ。陛下さえよろしければ、手紙は修道院の宝物庫で保管してもらってもいいかもしれないわ」

「そんな、お嬢さま」

貴重なものをいただいたことは、もちろん理解している。後の時代の人々はシオン山脈の片隅にアルバート国王の手紙があるなんて、と驚くことになるだろう。

クローディアは目を閉じ、想像した。自分がしわくちゃのおばあさんになって、村の子どもたちから「あのときの、アルバート王の話をして」とねだられる。そう、今だから話せることなのだけれど、昔この治療院にイザベラ王太后さまがいらしたのよ——うんと昔のことなのだけれどね……そして、美しい太陽の王があらわれて、わたくしを王都へお招きくださったの。あのときの手紙はまだ持っているんですよ。といっても、わたくし個人の持ち物ではないの。修道院の宝物庫に入れてあるから、見たければマザーの許可をお取りなさい。でも今すぐにはきっと無理ね。なにせベルトラム国王直筆の手紙なんて、特別なときにしか見られないものなのよ……。

老婆の自分は誇らしそうに語る。隠者のようなフードはそのままだが、その表情は穏やかだ。

「シスター・クローディア！」

ひとりの軍人が、息せき切って駆けつけてくる。

夢から覚めて、二十一歳の修道女にたち戻ったクローディアは、フードを引っ張って深くかぶり直した。

「こんにちは」

「陛下からお手紙をお預かりしております」

「え……？」

「お返事は、必ず私にお渡しください。お返事をいただいて帰還するようにと命じられておりますので」

「あの、もう一度おっしゃってくださらないかしら。陛下がまたわたくしに手紙を書かれたと……？」

「はい。たしかにシスター・クローディア宛ですよ。あなたから誰も返事を預かって戻ってこないので、陛下はここにいる連中を抜け作呼ばわりして、たいそうご立腹です。私までその仲間入りをさせられるのはごめんこうむりたい。できることなら、今すぐお部屋に戻って返事を書いていただけるとありがたいんですけどね」

彼は一刻も惜しいとばかりに焦《あせ》った様子である。

「で、でもすぐに書くなんて……まだ内容も拝見していないし、それに書き上がってもやることがありますわ。文章のおかしなところがないかを見ないと」

「できるだけ急いで。遅くなればなるほど、陛下の機嫌は悪くなります」

彼は、心底まいったといったような顔をしている。

クローディアは、エヴァと顔を見合わせた。彼女のまばたきは、もう止まらなくなっていた。

*

アルバートは、執務室をいらいらと歩き回っていた。

机の上に広がった便せんをつまむと、ウィルがわざと高い声を作って読み上げる。

「陛下からのありがたいお言葉に、いまだに信じられぬ思いです。しかしわたくしは、イザベラさまのご快復を見届けるまで王宮へまいることはできません――」

「腹が立つからその声色はやめろ」

靴を鳴らし、マントをひるがえし、アルバートはうなる。

「ベアトリス陛下のときもそうでしたが、陛下は女性をお呼び立てしても結構断られますよね」

「トリスは妹で、女王だ。断れる。だがクローディアはどうだ？」

「……まあ、現に断ってますが」

ウィルは便せんをそっと机に戻す。

アルバートは解《げ》せなかった。国王の呼び出しなど、そうそうあるものではない。みな一世一代の晴れの舞台とばかりに、いそいそと王宮へはせ参ずるのである。これが怒りゆえの呼び出しならまだしも、ねぎらいの意であるというのに――。

「俺が呼んでいるということは、そういうことだろう。手紙にもはっきりと書いた。ぜひ母の様子をあなたの口から直接聞きたいと」

もちろんイザベラの様子は聞きたいが、これは建前である。

誰だって理解するはずだ。イザベラの様子を聞きたいならば修道院に派遣している部下に命じればいいし、世話係として彼女を呼び出すのならば、責任者である女子修道院長にも声をかける。しかしこれはクローディアに直接送った手紙なのである。

「俺を拒絶していると？」

「というよりも、陛下のご意向が伝わっていない可能性が高いかと」

「単刀直入に書けばよかったということか？　俺はあなたに大変興味がある。ともすれば王妃にしたいと思っているので、還俗してすぐさま王宮に来いと」

「そんなことをしたら、彼女はからかわれていると思うか、もしくはおびえて逃げ出してしまいそうですが……」

「ではどうしろというんだ」

「時間がかかります」

ウィルはため息をついた。

「調べさせましたが、予想通りでした。クローディア・エドモンズがエルデール女子修道院にいるのは、彼女の存在を世間から隠すためです。奇異な瞳を持つ少女として、子どものころはずいぶんと肩身の狭い思いをしてきたようだ」

「彼女がおそれているのは太陽の光だけではないということか」

長女であったことも災いして、クローディアの瞳はずいぶんと注目された。ほかの兄弟姉妹《きょうだい》が活発にのびのびと育つ中、クローディアは人の視線を恐れるようになった。金色の左目は悪目立ちし、噂を立てられる。暗闇の中で浮かび上がるあの瞳は、この世ならざるもののようだと――。

クローディアは屋敷にこもり、年頃になっても社交界デビューもせず、ほかのきょうだいたちの縁談に差し障りがあってはならないと、荷物をまとめて家を出ていった。

――わたくしの病気はうつるものではございません。

開口一番にそう言ったのは、そのためか。

「修道院へ行っても、目のおかげで日中はミサにも奉仕活動にも出られず、おまけに怪力です」

「怪力……」

「修道院の備品の破損原因はだいたい彼女だそうです。陛下も無神経な言動で下手《へた》を打てばボコボコにされるでしょう」

「誰が無神経だ。他には？」

「彼女は暗い部屋で掃除をするか写本や刺繍をするか、日がな一日薬を作っているそうです。ついたあだ名は『修道院の隠者』」

およそ若い娘につけられるあだ名ではなかった。イザベラもはじめは彼女を悪魔呼ばわりしていたようだし、容姿に関する劣等感は人一倍あるのかもしれない。

「クローディアは写本をするのか」

手紙の文字も、字体の手本のように丁寧《ていねい》である。力加減を調整しているのか、書き出しにはインクのしみができやすいようだが。

「本が好きで、子どもたちのために自分で物語を書いたりもしているそうです。そのおかげかあの近辺の村々の識字率はかなり高いんですよ」

「それだ」

アルバートは足を止めた。

「余計なことばかり言うお前だが、今日は冴《さ》えている」

「はあ」

「クローディアに、たんまりと本を送ってやれ」

「どのようなものを」

「どのようなものでもよい。たしかにあの場所には娯楽らしい娯楽はないのだから、読書くらいは楽しみがないとな」

「俺はいまだに、クローディア嬢を王妃にというのは反対なのですが」

「お前は好きなだけ反対していればいいさ、俺は寛大な王だ、言うだけならば許してやる。機嫌が良いうちはな。ただし言うことを聞くつもりはない」

ウィルは黙っている。その視線に不服の色がにじんでいることに、アルバートは気がついた。

「どうした。文句があるなら言え」

「今まで俺は、陛下のすることに間違いなどないと思っていました。陛下が望むのならとベアトリス陛下に求婚もしたし、戦の時は迷わずついていった。しかし今回ばかりは……」

ウィルは言葉を切った。

「なぜほかの女性ではだめなのです?」

「勘が働かない。それだけだ」

「なぜ彼女に惹《ひ》かれているのです？　陛下ならばどんな女も思い通りであるというのに」

「逆に聞くが、なぜそこまで反対をする？」

「クローディア嬢ご本人を嫌っているわけではありません。……陛下には、陽の光の下にいていただきたいからです」

アルバートは噴き出した。

まさかこの王杖から、そんな少女のような台詞《せりふ》が出てくるとは思わなかったのだ。

「なんだそれは。今年一番の笑いぐさだよ」

肩を震わせる彼を前に、ウィルは嘆息《たんそく》し、「俺は真剣に――」と口をひらく。

「わかっていないな、ウィルよ」

生まれてこのかた、自分の勘を疑ったことなどない。

及第点の相手ならば腐るほどいる。並大抵の男たちはそれで納得する。これからいくら待ち続けても理想の女性など現れないかもしれないし、現れても振り向いてくれるとはかぎらない。それに理想であったものがまやかしに変わる可能性だってある。

だが、アルバートは「並大抵」ではないのだ。

「光が強くなればなるほど、闇は濃くなるものだ」

「アルバート陛下」

「自分にないものを求めるのは、当然のなりゆきであろうよ」

さあ、すぐさま王都中の本をかき集めて、あの修道院へ送りつけろ――。

アルバートがそう言うと、ウィルは肩をすくめたのだった。

＊

寒気がするほどの静けさである。

イルバス東部、シオン山脈の端にひっそりと存在する廃村。そこに集まったのは、仮面で顔を隠した男たちであった。

ジュストに連れられ、ギネスはうち捨てられた村役場を目指していた。

彼はちらりとジュストを盗み見る。

足は引きずっているが背筋はしゃんと伸びており、彼の足取りはけして不格好なものではなかった。杖をこきざみに叩きつけ、踊るようにすいすいと歩を進めている。

「驚きましたかな。『赤の王冠』の集会がこのような寂《さび》しい場所で行われていると」

「え……ええ」

ギネスはおっかなびっくり歩く。カンテラを持つ手は寒さのあまり震えていた。

春を迎えたとはいえ、このあたりはまだ数日に一度は雪がちらつくほどに冷える。

（このじいさんをついつい信用してしまったが……これでよかったのだろうか）

ジュスト・バルバ。彼はいくつもの名前を持っている。彼がジュストという名を明かしたのは、ギネスが正式に『赤の王冠』に入会すると決めてからのことである。

世界中を転々とする謎の資産家――この老人はめったに表舞台に姿を現すことはない。見込みのある人物に声をかけ、投資をし、分け前を徴収する。けして「出過ぎる」ことはない。大きくなりすぎた仕事は手放し、また次の小さな芽を育てることに力を注ぐ。欲があるのかないのかいまいちつかみどころがないそのやり方に、首をかしげる者は多い。

――ジュスト・バルバ。どこかで聞いた名前だが……。

ギネスはおそるおそるたずねた。

「赤の王冠とは、いつもこのような誰もいない場所に集まるのですか？」

「集会場は定期的に変えております。それでも、こんなにうら寂しい場所は今だけですよ。近いうちに我々は、長年の悲願を行動にうつそうと思っていましてね。この廃村は拠点としてうってつけだったわけです」

ジュストは深く息を吐いた。

雑草におおわれた玄関口を抜け、杖で扉を押す。

割れた窓ガラスの破片を蹴立てながら、彼は奥の部屋へ進んだ。蠟燭の明かりが灯され、にぎやかな声がこだましている。

ジュストが姿を見せるなり、談笑していた男たちは居ずまいを正した。

「殿下」

それがジュストの呼び名だった。ジュストは落ち着き払った口調で言った。

「揃《そろ》ったか」

　ジュストの言葉に、全員が顔つきをひきしめる。彼の表情からは、穏やかなまなざしはなりをひそめていた。

「ギネス殿――あなたは爵位を取り戻したい。よく理解できます。手にしていたはずの栄光を奪い取られることは、身を切られるかのごとく辛いというもの」

　杖をかつりかつりと鳴らし、ジュストは続ける。

「しかし今のままではあなたは永遠に貴族に返り咲くことはできない。どの王からも見かぎられたあなたにはね。だが、ここにあなたを必要としている王がいます」

「バルバ殿……あなたは……」

　ギネスは顔をひきつらせている。蠟燭が揺れ、老人の顔を怪しげに照らす。どこかで見たことがある――そのとき、ギネスはそう思ったのである。

「私の王位継承権を取り戻したい」

　ジュスト・バルバ。

　ギネスははっと顔を上げた。

　どうして忘れていたのだろう。かつてのイルバスの王女――ミリアム・ベルトラム・イルバスの息子の名を。

　歴史をさかのぼればわかることではないか。王位継承権を得ることなく国を追われた子どものことを――。

　彼がこの名を使うときは、逃走の人生から決別するときである。

「長い時が経《た》った。イルバスには共同統治制度などというものが生まれた。笑わせてくれる」

　杖を叩きつけ、ジュストは声をあげる。

「そのようなものがはじめから許されるなら、私の母親は死ななかった」

「バルバ殿……」

　ジュストは厳しい声音で言う。

「ここでは殿下で通させてもらおう。いずれ陛下と呼ばれるつもりだが……。今はまだそのときではない」

「あなたの悲願とは」

「私の母親の望みを叶えることだ。そして殺人者の子孫に罰を与えること。母――ミリアム王女は殺された。賢王アデールにな」

第三章

エルデール修道院に大量の書物が運びこまれたのは、シオン山脈がいっとうあたたかい太陽に照らされた昼下がりであった。

クローディアは毛布にもぐり、うめいていた。カーテンを二重に引いて、芋虫(いもむし)のように丸くなる。今日のような天気に部屋から出るのは危険である。

「お嬢さま、大変です！」

そんな中、勝手知ったる勢いでエヴァが部屋にすべりこんできた。

「……どうしたというの、エヴァ」

「た、たくさんの本が修道院に届いたんですよ！」

彼女はどうあっても興奮を隠しきれないという様子で、どたばたと部屋を歩き回る。クローディアは毛布から顔を出し、薄目を開けた。

「よかったじゃない。どなたからかのご寄付なの？」

「聞いたら驚きますよ。アルバート陛下です。しかもすべてお嬢さま宛！」

まばたきをしながら、彼女は叫ぶ。

「そう……それはけっこうなことね……」

と、クローディアは再び毛布の中にもぐりこみつぶやいたが、「え⁉」と起き上がった。

「わ、わたくし宛⁉」

「さようでございますよ、クローディアさま。素敵じゃないですか。きっとお嬢さまが読書がお好きと知って、わざわざご用意してくださったのだわ！　お嬢さまが陛下のお手紙につれないお返事をお書きになるから私、ずっと生きた心地がしなかったのですけれど、今日でその心配とも景気よくさようならできそうです！」

エヴァが踊りだしそうなほど喜んでいる。クローディアはぼさぼさの髪を手ぐしでずきながら、状況を整理した。

（イザベラ王太后さまのご様子をたしかめるために、陛下はわたくしを王宮に呼び出された。しかしわたくしが修道院を離れるのは手間がかかることだし、ご様子はマザーに伝えていただくことにしたのだわ……）

その旨《むね》を書いた手紙も、きちんとしたためて彼の部下に託したはずである。

「本当にわたくし宛だったの？　ベラさまのためのものかも……」

「間違いございません。私、お手紙をお持ちしたのです」

エヴァが差し出した封筒。表には、サインがある。アルバート・ベルトラム・イルバス。

剣の紋様の青い封蠟《ふうろう》は、間違いなくアルバートからの手紙であることをあらわすものだ。

クローディア・エドモンズへ――。

クローディアは机の引き出しからペーパーナイフを取ろうとして、ずるずると床に落ちた毛布に足を取られる。卓上の本やペン、干した薬草などを床に落としてしまい、ああ、と声を漏《も》らした。

「わたくしったらなにを……」

「お嬢さま、しっかりなさって。動揺し過ぎですよ」

「動揺するに決まっているわ。イルバスの国王陛下なのよ、あ」

ペーパーナイフが、手の中でぼきりと折れていた。力を入れすぎたのである。

「やってしまったわ！」

「普通ペーパーナイフなんて、素手で折れないものですけどね……」

エヴァはからんと落ちたナイフの残骸を拾い上げる。

「私が開けますわ。今のお嬢さまは、危なっかしいのですもの」

そう言われると否定できなかったので、クローディアはおとなしく手紙をエヴァに託した。彼女はすいすいと予備のペーパーナイフをすべらせ、便せんを引き抜く。クローディアはよく物を壊すので、「予備の品」と名のつくものがいたるところにしまわれているのである。

「……信じられない」

彼の筆跡を追い、クローディアはつぶやく。

「やっぱり本は、わたくし宛のようね……」

アルバートの字は、乱暴に走り書きしているように見えて、丁寧《ていねい》である。どんなに荒々しくペンを動かしても、美しく見えるこつをつかんでいるのだろう。

あなたがこちらへ来てくれないというのなら、代わりにつかの間の娯楽を贈ろう――。

クローディアは文字を追いながら、困惑《こんわく》していた。

なぜ、わたくしに。王が自分に興味を持つ理由がまるでわからない。

いや、娯楽というのはクローディアのための娯楽ではないかもしれない。普通に考えれば、治療のために物語を必要としているのはイザベラの方である。

読み聞かせのために本を送ってくれたのだとしたら、王の考えも理解できる。

母親思いなのだ、きっと。

「きっとアルバート陛下はお優しいのね。……怖そうな方だと思っていたけれど」

エヴァは満面の笑みである。

「そうでしょう、そうでしょう。ああ、今日がお天気でなければ、すぐにでもお嬢さまを教会へお連れしたいところですわ。あの山積みの本を見ていただきたいですもの」

「山積みって、どのくらいなの？」

エヴァはふと斜め上の方に視線をやった。

「たぶん、礼拝堂の椅子が全部埋まってしまうくらいですね。お菓子やワインもたくさんいただいて……」

「……この修道院に、そんな数の書物を置いておく場所などあるのかしら」

「それは……」

エヴァは言葉に詰まった。薬や包帯を置く場所ですら、倉庫の中であれこれと苦心している始末である。礼拝堂をこのまま本だらけにしておくわけにもいかない。

「シスター・クローディア」

きまじめな声で呼ばれる。強くノックをされ、クローディアはびくりと背をふるわせた。

「エリンです。起きているの？」

修道院の中でもいちばんの古株、シスター・エリンである。もっともするどく攻撃的なノックをすることにかけては、彼女の右に出る者はいない。かつんかつんとドアに細い穴をあけるかのごとく、急《せ》かすようなノックの音が響く。

「お、おりますわ。シスター・エリン」

「このようなお天気のところ悪いわね。マザーがあなたをお呼びよ。……陛下からの贈り物について、お聞きしたいことがあると。夕刻で構わないそうですから、マザーのお部屋をたずねなさい」

「……はい」

クローディアは、自分があらたな問題を背負いこんだことを、悟ったのである。

＊

数日後、こんどは実家の母から手紙が届いた。

クローディアは、ゆううつな気持ちでそれをひらいた。

『ゆうべ、お父さまがアルバート陛下にお呼び出しを受けました。あなたのことをたくさん質問されたようです。エルデール修道院へ行くことになった経緯《けいい》や、あなたが得意とすること、不得手とすること。兄弟《きょうだい》姉妹について、そしてあなたの好きな食べ物や色についてまで、すごく細かくよ。お母さまは困惑していて、きちんとした文章を書けないことを許してちょうだいね……』

「誰からの手紙？」

ベッドの中で、イザベラがたずねる。

「実家の母からですわ」

「いいわね、手紙をくれる家族がいて」

「アルバート陛下はベラさまにお手紙をくださるではありませんか」

「形式ばったものよ」

イザベラが本当に望んでいるのはサミュエルからの手紙である。クローディアもそれをわかってはいるが、口には出さない。サミュエルはいっさい、母へ手紙を寄こさなかった。

「家族からの手紙にしては、浮かない顔ね」

イザベラに指摘され、クローディアは曖昧《あいまい》に笑った。

とうとうアルバートは父を呼び出して、クローディアについてあれこれとたずねたらしい。クローディアの好みや人となりについて詳しく聞かれた後、彼女に王宮へ来るように説得できないかと言われたのだという。

クローディアは、たんなる王太后の世話係である。

王宮にわざわざ呼び出す理由も、過度な贈り物の理由も、わからない。もっとも、アルバートにとって本や菓子などたいした贈り物ではないのかもしれないが。

お父さま、大丈夫かしら。アルバート陛下のお怒りを買っているのでは……。

「娘の目が太陽に障《さわ》ります。田舎《いなか》での修道院生活が長く、宮廷に出せるほど洗練されておりません。どうかご容赦《ようしゃ》ください」

父、エドモンズ伯《はく》はそう言って、王の願いをやんわり断ったのだという。

これに対してアルバートは怒り、ものに当たり散らして暴れたようだが、父はそういった王の態度に慣れ切っており、涼しげな顔で「申し訳ありませんな」と返事をしたらしい。

長年アルバートに仕《つか》えている父ならば、彼の真意はくみ取れるはず。王は単に世話係のことをもっとよく知りたかったのかもしれないし、万が一エヴァの言うような——花嫁候補がどうとか言っていた——気持ちがあったとしても、ただの気の迷いであろう。

王は花嫁捜しの舞踏会でも特定の令嬢に声をかけることはなかったという。あまりにも選択肢が多すぎると、人は簡単に決定できなくなるものだ。

そういったときは、よそにもっと良い相手がいるのではという気持ちになるし、実際新しい人物との出会いは胸を高揚《こうよう》させるものなのかもしれない。

しかしそれも一時《いっとき》のこと。クローディアを王都に連れていってみれば、夢も醒める——問題だらけの田舎娘を拾ってきてしまったと気がつくだろう。そのときに一番傷つくのは、クローディアだ。

「あの……ベラさま。ご存じですか、アルバート陛下が花嫁をお捜しになっているという話は……」

サミュエルのことでなければ、聞いても構わないかもしれない。意を決してクローディアはイザベラにたずねてみることにした。

「さあ」

イザベラは特段興味もなさそうに答える。

「アルバートのことは、アルバートが決めるでしょう」

「そ、そうですよね」

「きっとどこぞのおとなしそうな令嬢と結婚するでしょう。おしゃべりでなくて、気弱で、家族があまりでしゃばらない家の娘ね」

ということは、子だくさんのエドモンズ家など完全に対象外ではないか。やはりエヴァの考えは希望的観測が過ぎると言わざるをえない。

「突然そんな話をして、どうしたというの？」

「いいえ。ただ父が青の陣営にいるものですから、少し気になっただけですわ」

「ああ……王妃次第で立場が変わるかもしれないものね。それはみな戦々恐々とするでしょう。家臣の少ないベアトリスのときのように簡単にはいかないわ」

――やはり、そういうものなのだわ。

王の結婚は王の家臣にとっても重要な意味合いを持つ。物語に出てくる王とお姫さまのように、単純に愛を貫《つらぬ》くことなどできやしない。

花嫁候補だなんて、可能性を考えるだけでも畏《おそ》れ多いことである。

これは父からの警告かもしれない。けしてのぼせ上がらないようにと。

「あなた、またハンカチを破いているわよ」

「え」

刺繡《ししゅう》途中のハンカチが破けて、ぱっくりとした裂け目からほつれた糸が垂れている。

「やだ、わたくしったら。そそっかしくて嫌になってしまいますわ」

「あなたの行動って、そそっかしいの度合いを超えていると思うけれどね」

イザベラは怪訝《けげん》な顔をしている。

アルバート陛下に、お礼の手紙を書かなくては。

いただいたご厚意には、きちんと礼を尽くす。

この気持ちはそれ以上でもそれ以下でも、あってはならないのだ。みずからのためにも。

＊

アルバート国王陛下
わたくしにはもったいないほどの贈り物の数々、ありがとうございました。
本だけでなくお菓子やワインまでたっぷりといただいて、感謝の言葉はいくらあっても足りないほどでございます。
しかし、聖エルデール女子教会はなにぶん小さな教会でございます。陛下の贈り物を保管しておくことは叶《かな》わず、食物は奉仕活動に回し、ご本は村の子どもたちに配付させていただくことになりました。事後のご報告になりまして申し訳ございません。

イザベラさまがいっとう気に入られた装丁《そうてい》の本がございましたので、しばらくの間はその物語をお読みしようと思っております――。


クローディアの手紙を読むなり、ウィルは渋面《じゅうめん》になる。

アルバートの執務室である。

息せききって駆けつけた部下から手紙を受け取ると、王の許可を得てすぐさま開封した。クローディア・エドモンズからの手紙は、どのような用件よりも優先して届けるようにと部下に命じてある。

彼女からの手紙が届くのを、王は待ち続けている。このところ彼の機嫌が直らないのは、アルバートがどのような手紙を送っても、クローディア側からうんともすんとも返事がないからだ。

ようやく届いた彼女からの手紙。簡素な封筒に、香りづけすらされていない便せん。女性が出すには色気がなさすぎるが、クローディアは修道女なのだ。そっけないようにも見えるがこのようなものだろう――と思えたのだが、内容までこうもつれないとは。

「……つまり、陛下の行動はあちらに迷惑をかけただけであったと」

「なぜだ。俺の見立てに間違いはないはずだ」

アルバートは納得いかないとばかりに椅子を蹴飛ばした。

クローディア宛に贈り物をしたというのに、これでは彼女はほとんどなにも受け取らなかったということにはならないか。

「修道女に贈り物などしてもこのようなものですよ」

「俺からの贈り物だぞ？　ありがたがって舞い上がり、感激の言葉をよこしてもいいだろう。なんだこの手紙は。地方監査官の方がもっと熱意のこもった報告書を上げてくる」

「ですから、クローディア嬢はやめておいたほうがよいと言ったではないですか」

ウィルは静かに続ける。

「陛下が並大抵の男ではないのと同じく、彼女も普通の女性ではないのです。見た目も育ちもイルバスの一般的な貴族の令嬢とはかけ離れています」

「……」

「陛下とお話しをされていたとき――ずいぶんおびえていらっしゃるようでしたが、王太《おうたい》后《こう》さまのお世話にかんしては陛下にしっかり自分の要望をお伝えになっていた。俺はあの様子を見て、これは簡単にはいかないだろうと思ったのです。おまけに欲もない。贈り物でなびかないのは当然です」

イザベラ王太后の世話係を続けさせてほしい――。クローディアの願いはただそれだけ。太陽を受けつけず、夜を味方にする瞳。おとなしいように見えて、うちに秘めた辛抱《しんぼう》強さはひと一倍。自然厳しいシオン山脈が彼女を育てた。

「女子修道院長に話を聞きました。彼女は闇をおそれない。真夜中のシオン山脈をひとりで難なく歩くことができる。いくら暗闇に強いといっても、女性ひとりであんな場所を歩くことがどれだけおそろしいことか。深窓《しんそう》の令嬢よりはよほどたくましく育っているはずです」

襲いかかるように迫る森も、足をすべらせれば怪我《けが》ではすまないような岩肌も、すいすいと進んでゆく。彼女にとって恐怖とは、常に己《おのれ》の中にあるものであり、外的な要因ではないのだ。

だがそんな己の長所を認めることができない。自己矛盾《むじゅん》を抱《かか》え、将来を悲観しながら生きるひとりの女。

「一筋縄ではいきません。あの瞳のことだけではない。クローディア嬢に時間をかけるくらいなら、別の花嫁候補を見つけるべきです。一刻も早くお世継ぎを望まれるならば」

ウィルはクローディアの手紙をわきによけると、一枚のリストを差し出した。

そこにはアルバートの花嫁候補たちの名と経歴が記してある。

「陛下の花嫁にふさわしい女性たちばかりです。一度お会いになるだけでもいい」

「気が向いたらな」

「陛下」

「女がなびかなかったからといって、そのままにしておけるか」

「陛下がなさるべきなのは、勇気ある撤退ですよ」

アルバートはどかりと椅子に腰を下ろす。

「なんとしてでもあの女を俺のものにしてみせる。俺にすがりつき、『どうかわたくしをあなたのものにしてくださいませ』と泣かせてみせよう。まあ見てろ、すぐのことだ。今頃あの女は俺のことを想って、夜も眠れずにいるだろうさ」

「クローディア嬢は、もともと夜は眠らない方だそうですが」

「黙って引っこんでろ、クソが」

王杖《おうじよう》を下がらせてしまうと、アルバートは考えた。

しかし、クローディアは呼び出してもやってこない。贈り物も他人に譲ってしまう。次の手を打つにしても、いったいなにをどうすれば良いというのだ？

＊

ベアトリスは手紙を開封するなり、新緑の瞳をぱちぱちとまばたかせた。

「まあ、あのお兄さまが……」

兄からの手紙はまめに届く。サミュエルからの手紙も負けじとまめに届く。

ふたりの個性は両極端だ。

いつも思い悩むことの多かったサミュエルに比べ、アルバートはいかに自分が有能で誇り高い王であるかを羅列《られつ》してくることが多い。

近況と称してさまざまな功績を並べたててくるのだ。これは「いつでも安心して自分に王冠を託して良い」という意味である。

ベアトリスは毎度「さすが私の自慢のお兄さまね」という一言で、それをすべて受け流す。そしてイルバスに戻るときは、豊かな金髪にしっかりと王冠を固定させるのである。兄に国を任せて王冠を手放すつもりは毛頭《もうとう》ないのであった。

しかしながら、兄の様子がいつもと違うようだと、ベアトリスは首をかしげる。

「ギャレット、読んでちょうだい。あのお兄さまがお悩みのようよ」

「珍しい。今年のイルバスは猛暑を迎えるのではないですか」

「そうね。今までのお兄さまはぞんぶんに恵まれ過ぎていたもの。――あなたの未来の義姉についてよ」

ギャレットは手紙を受け取ると、顔をしかめる。

「ということはやはり、ベアトリス陛下の予想通り、アルバート陛下の花嫁捜しは難航していらっしゃるというわけですね」

「捜すこと以上に、落とすことに難航しているようね」

「それはますます大変なようで」

王の呼び出しを拒否し、贈り物はあっさりと他人にくれてやってしまう、オッドアイの令嬢。クローディア・エドモンズ――。

「目の病気で昼間は外に出られない方だそうだけれど。完璧を求めるお兄さまにしては意外な人選だわ。ということは勘が働いたのね」

アルバートは勘がよい。一見不利な選択に見えても、それがのちのち大きな利益をもたらすと予見できれば、迷わずそれをつかみ取る。勝機をけして見誤らない。

クローディア・エドモンズは、国王アルバートにとっては勝利の女神になりえるというわけだ。

「オッドアイですか。それは吉相《きっそう》ですね」

控えていたザカライアが笑みをたたえて言う。

彼はニカヤ人の文官で、現在は赤の陣営にてベアトリスの補佐をつとめている。彼の祖母はイルバス人であり、彼自身も流暢《りゅうちょう》なイルバス語を操る。

「どういうこと？」

「左右の目の色が違うものは、ニカヤでは春の使いとしてあがめられているのです。ほとんどが動物ですが……たまにオッドアイの子どもが生まれると、それはもう大騒ぎですよ。女の子であったらみんなが取り合います。その子が年頃になったら嫁に迎えるためです。オッドアイの娘を持った家は必ず繁栄するという言い伝えがありますので」

「男であったら?」

ギャレットがたずねると、ザカライアは小さくうなずいた。

「今度は女たちが彼を取り合いますね。あの手この手で男を誘惑します。そのため、男のオッドアイは女性にだらしなくなり、ろくな成長をとげません。そんな子どもの将来を見越して、親は厳しく育てようとします」

「まあ、そうなの。でもオッドアイなんてめったに生まれないんでしょう? サミュエルの瞳だってめずらしいけれど、そうそういないものね」

ベアトリスは弟のまだらな緑の瞳を思い浮かべた。自分にあれが受け継がれなかったことを、ちょっぴり残念に思っているのだ。

「おっしゃる通り、めったに生まれません。同じ一族からふたりと出ないことが大半です。なので天の意志――春の使いだと言われるのです。もしエドモンズ家にオッドアイが他に出ていないのなら、彼女はまさに春の使いなのでしょう」

「昼間に出歩けないということが気になりますが」

ギャレットは思案顔である。

「アルバート陛下の奥方となれば、共に公務に出られるはず。ただのオッドアイならばよいですが、日中の行動に差し障るのは問題です。その目が子に遺伝しないという保証もないのですし……」

「人の運命にかんして、保証などというものはそもそも存在しないわよ、ギャレット」

ベアトリスは目を細める。

「それで、私はお兄さまになんとアドバイスをしてさしあげたら良いの？　花嫁の落とし方なんて私はわからなくてよ。女性を口説いたことなんてないもの」

ザカライアは思案顔である。

「こういうときは、追い回した後にあえて放っておいてみて、相手の反応を見るという手もありますが……」

「このクローディア嬢の場合、放っておいたらおいたで、心穏やかに過ごされるだけで終わるのではないでしょうか」

ギャレットの言葉に、ベアトリスもうなずく。

「わかるわ。お兄さまって会いたい会いたいってしつこいものね」

さんざんアルバートに追い回されていたベアトリスは、うんざりしたように言った。まだ彼女がイルバス辺境の地・リルベクに住んでいたころ、王宮から次々とアルバートの使いが押しかけてきて、手紙の返事を催促されたものである。

「クローディア嬢は、王妃になることは望んでいないのでしょうね。修道院で静かに生きていきたいのかもしれないわ。彼女がそう思うようになったきっかけさえつかめれば、お兄さまに心を開くかもしれないわね」

ギャレットとザカライアは顔を見合わせる。

「それはどういう……」

「お兄さまはなんでも自分の思い通りにしようとするし、実際に私とサミュエル以外にはそれがまかり通ってきた。だから目の前の人物がなにを思い、なにを大切にし、どうしてお兄さまの前に現れたのかは重要ではなかったの」

相手の心よりも、自分の意志を通すこと。それがアルバートのやり方だ。

王ならばそれで良い。国王の心が乱れれば家臣は不安に思う。多少の暴君でも、家臣や国民をしっかり先導する力があれば良いのだ。アルバートはみずからが間違っているかもしれないなどとは思わない。彼に備わった直感力が、それをより強固にさせている。

「野心に満ちあふれた女性なら、簡単にお兄さまと一緒になったことでしょう。でもクローディア嬢はそうではない。きっと彼女はさまざまな葛藤《かっとう》を抱えてきたのではないかしら。そしてその葛藤を受け入れてくれる人を求めている――」

ベアトリスは少しの間考えてから言った。

「ザカライア、あなたが手紙の返事を書きなさい」

「え？」

「そのニカヤに伝わる、オッドアイの――春の使いにかんして詳しく。私はマノリト王の顔を見てくるわ」

「女王陛下がお返事を書かれないのですか」

ザカライアは困惑している。

これまで一度も、彼から直接アルバートに手紙を書いたことなどないのだ。

「私が逐一《ちくいち》教えてあげたのでは、どのみちうまくいくはずがないわ。彼女の葛藤を理解しろ？　彼女の過去を根掘り葉掘り無神経に聞き出して、『これでいいだろ』と胸を張るお兄さまの顔が見えてよ。私に『女心について教えろ』と答えをせがんだりして、短慮《たんりょ》なことだわ」

ああ……とギャレットは遠くに視線をやる。その通りのアルバートの姿が見えたのだろう。

「サミュエルの方が心の痛みに慣れているぶん、こういうのはうまくやるわよ。お兄さまはアドバイスを求める相手を間違えたわね」

弟に助言を求めるなど、アルバートのプライドが許さないに違いないし、そもそも「サミュエルの方がうまくやる」という事実にも気がついていないだろうが。

「――そうそう、こちらの問題もあったのだわ」

ベアトリス・ベルトラム・イルバス女王陛下――。

小さな文字で丁寧に綴《つづ》られた手紙。ベアトリスは文字をなぞって、ほほえんだ。

「可愛らしい鳥が一匹、飛んできそうね」

この手紙には、返事を書くことにする。ギャレットに目配せをすると、彼はペンとインクを用意しはじめた。

＊

いつもと変わらぬ夜になるはずであった。

クローディアは、夜道を歩いていた。イザベラを寝かしつけ、外套《がいとう》を羽織ると、彼女はそっと治療院を出る。

まずは教会に入り、祈りを捧《ささ》げる。蠟燭《ろうそく》はいらない。クローディアにはしっかり見えているのである。その後は見回りもかねての散歩をするのが彼女の日課だ。すべてのドアの施錠《せじょう》を確認し、倉庫で在庫の尽きそうな食料や薬品がないかを入念に調べ終えると、休憩時間だ。あたためたミルクを少しだけ飲む。

そして朝陽《あさひ》がのぼる少し前には、みずからのベッドに戻るのである。

（アルバート陛下は……あの後何度も使者の方をよこしてくださったけれど……結局お答えできずじまいだったわ）

ミルクに口をつけ、クローディアは目を伏せる。

アルバートの要求は決まっていた。王宮へ来てほしい。手紙を書いてほしい。かいつまんで要約するとそれだけであった。他にも彼の身の回りに起こった出来事などが書き添えてあるが、クローディアに対する質問は一切ない。

たずねられても、困るだけだから良いのだけれど……。

王はいったいわたしのなにが気になって、そのような行動を起こすのだろう。精一杯論理的に考えようとするが、わからないの一言で行き詰まる。

彼は花嫁を捜しているという。エヴァは期待を持って、そのことをいつもクローディアに言い聞かせる。きっとお嬢さまのことを気に入ったに違いありませんと——。

それについては、大いに疑問である。

アルバートは女性に不自由などしていない。王都には美しい娘がたくさんいて、その娘たちの誰もが国王の愛を欲《ほっ》しているという。わざわざこんな山奥の修道女にこだわる必要はないのである。

いくら想像しても、アルバートの気持ちはわからない。

他人の気持ちを推《お》し量《はか》ろうとすることそのものが間違っているのだが、そうせずにはいられない。

彼から新しい手紙が届くたびに、クローディアの心はかき乱されてしまう。これがまたしょっちゅう届くのである。

彼が手紙をよこすたび、父を呼び出すたび、周囲からの期待が高まり、気が重たくなる。

最近はイザベラまで、「あなた、アルバートに気に入られたのね」とつんつんと接してくる始末である。どうやらイザベラ宛の手紙に、クローディアについて書かれていたらしい。

クローディアは恐縮しきってしまい、その手紙になんと書いてあるかが気になったものの、たずねはしなかった。

「ベラさま、よくよくお考えになってくださいませ。わたくしほどきょうだいも制約も多い女はそうそうおりませんわ。アルバート陛下にかぎってそのような」

「アルバートは、勘を大事にする子です。直感を優先し、常識も理屈も捨ててしまうのよ」

「まさか、そのような」

一国の王妃を勘で決めるわけがないではないか。

「私の世話係になったから、出世の道がひらけたと思っているのでしょう」

とすねるイザベラをなだめるのが大変であった。

イザベラにしたら、面白くないのであろう。このようなところで窮屈《きゅうくつ》な思いをしているのも不本意であるのに、それを足がかりにクローディアが王に取り入ったように見えるのが。

——もう手紙を書かないでくださいとお願いしたら、さすがにお父さまの首が飛ぶかしら……。

せっかくイザベラが心をひらきかけてくれていたというのに、このままではまずい。

クローディアはため息をついて立ち上がる。カップを片付け、自身の部屋に戻ろうとした――そのときであった。

するどい悲鳴が、彼女の耳に届いた。

クローディアは炊事場を出て、声のする方へ向かった。治療院から、泣きわめくような声が聞こえてくる。それがイザベラのものだと即座に理解したクローディアは、走りだした。

治療院の裏手に駆けつけたクローディアは我が目を疑った。黒ずくめの男たちがイザベラを担《かつ》ぎ上げ、馬に乗せようとしている。

なにが起こっているのか……クローディアはとっさに叫んだ。

「あなたがた、何をしているのですか」

膝《ひざ》は情けなく震えている。しかしこのまま彼らを行かせるわけにはいかなかった。

「何者ですか、その方を放して」

男たちはぎょっとしたようにクローディアを見ている。

（護衛官たちはなにを――）

イザベラの警護には、数名の護衛官がついていた。夜明け前のことで油断していたのか、彼らは昏倒《こんとう》しているようだ。殴られたのだろう、額から血を流して倒れている。あたりに飛び散った血を避けるようにして近づきながら、勇気をふりしぼって、再び彼女は叫ぶ。

「その方を降ろしなさい。ここは神の家ですよ。それを知っての狼藉《ろうぜき》ですか――」

男たちはクローディアにかまわず、目配せをし合う。

「時間がない。その女も連れていけ」

「ですが」

「ひとり攫《さら》おうとふたり攫おうと変わらない。置いていって他の人間を起こされても面倒だ」

男たちはクローディアの手をつかむ。クローディアは必死だった。つかまれた腕を片手で押さえ、渾身《こんしん》の力でねじり上げる。男は悲鳴をあげてクローディアから体を離す。

「すごい力だ」

「女ひとりになにをやっている。情けないやつめ」

仲間のひとりが、懐《ふところ》からナイフを取り出した。クローディアは後じさった。刃物を出されては分《ぶ》が悪い。彼女は叫んだり暴れたりと抵抗を繰り返したが、倒れていた護衛官に足を取られた。ひるんだ隙《すき》に顔を殴られ、荷物のように馬に乗せられる。

馬が走りだす。修道院は遠ざかってゆく。

逃れようとしたが、恐怖と痛みで身体がうまく動かない。殴られて切れたくちびるから血がしたたっていた。馬から伝わる振動が内臓に響き、吐き気をもよおしている。

クローディアは恐怖のあまり顔をひきつらせた。

夜が明ける。

太陽が、ゆっくりと空をのぼろうとしていた。

＊

イザベラ王太后、誘拐――。

その知らせはイルバス王宮にもたらされた。

ことがことだけに、国王と王杖、そしてわずかな側近たちのみが議会の間に召集された。

ふたりの王が険《けわ》しい顔を突きつけ合わせる。

「青の陣営の護衛たちはなにをしていた？」

サミュエルは声を荒らげる。

「エルデール治療院は安全だと言ったのはそちらだ。このようなことになると知っていたら、母さまをそんなところに置いたりしなかった」

「誠に申し訳ございません」

ウィルは深く頭を下げる。

「王太后さまの正体は伏せ、侍女も下げて治療院に入っていただきました。身分を隠した以上、警戒されぬよう、護衛の人数を減らしていたのは事実です」

「問題は、なんの目的で母上を攫ったかだ」

アルバートはいらだちを隠せなかった。

イザベラのことも気がかりだが、彼女の世話係――クローディアまでも、こつぜんと姿を消していたのだという。

治療院の裏手には争ったような足跡と馬の蹄《ひづめ》の跡があり、護衛官たちが倒れていた。クローディアも共に攫われたのだろうと察しがついた。ふたりとも生死不明である。

サミュエルは指先で円卓を叩く。

「僕たちに対する宣戦布告でしょう」

彼はそばに控えていたベンジャミンに「説明してやれ」と目配せをした。

赤の陣営の連絡役をつとめるベンジャミン・ピアスは、二人の王をなだめるかのように、ゆっくりとしゃべりはじめた。

「我々の間諜《かんちょう》が、最近妙な噂《うわさ》を耳にするようになりました」

「噂？」

「なんでも、ベルトラム王家の王位継承者はもうひとり存在するというものです――」

「カミラ王女のことですか？」

エスメの言葉に、ベンジャミンは首を振ってみせる。

アルバートたちの従姉妹《いとこ》、カミラ・ベルトラム・イルバス。彼女はみずから王冠を捨てた。ある意味、誰よりも真っ向から共同統治に反抗してみせた王族である。

そしてアルバートとの結婚を拒否し、外国の大使との恋を燃え上がらせると、王宮を去っていってしまったのだ。自由奔放《ほんぽう》かつ大胆な王女のひとりである。

「カミラならば、王冠は本人が願い下げだろう」

「――それがね、何者かはわからないのですよ。ただ、共同統治制度が敷かれたのは最近の話です。それならば自分も王冠をかぶる権利がある――と主張する者が出るのは、ありえることだとは思います。ベルトラム王家の血を継ぐ者なら、誰でも」

アルバートは、こめかみに指先を当てて考えこんでいた。

「つまり、俺たちよりも上の世代で、王冠から遠ざかっていた者がひょっこり姿を現したというわけだな？」

頭の中にある、ベルトラムの系譜をさかのぼる。

アルバートの親世代はどちらも王になった。となると、その前――。アデール女王の世代である。

アデール女王のきょうだいのうち、男は全員が全員、断頭台の露《つゆ》と消えている。彼らの子孫はいない。

革命があったおかげで、ベルトラム王家のほとんどの人間が殺された。当時、存命していたのは三人の姉妹のみ。

アデール女王の姉、ジルダ女王は記録上、未婚のまま亡くなった。そしてもうひとりの姉――。

「ミリアム王女の子孫か」

たしか、男児がふたりいたはずだ。だが彼らに王位継承権はない。

ジルダ女王も、アデール女王も、彼らにその権利を認めなかった。

ミリアム王女の結婚は秘密結婚で、非公式のものだった。彼女の夫レナート・バルバはついに王女の配偶者と認められることはなかったのだ。当然彼と生《な》した子も、ベルトラム王家の系譜に正式に名を連ねることはなかった。

歴史の渦《うず》に呑みこまれ、忘れ去られた子どもたち。

「王族になり損《そこ》ねた子どもたちのどちらか、あるいは両方か。くだらん噂をふりまいているやつは」

あるいは、ミリアム王女の孫かもしれない。ミリアム王女が亡くなった後、彼女の遺《のこ》した家族の行方《ゆくえ》は知れない。

つまりは、そういう別れ方であったといえる。

「ベルトラム王家に良い感情を抱いているはずがないな?」

「あるいは、ミリアム王女の子孫のふりをして王位を要求している、まったくの赤の他人かもしれません」

「それで、そいつらが母上を攫ったのはどういうつもりだ？　金目当てか？」

「金がほしいのなら、すぐに要求をしてくるはずです」

　サミュエルは難しい顔つきになる。

「だが要求はなにもない。母さまと修道女をひとりを攫ったあとは、嘘のように静かだ」

「現在、赤の陣営の間諜たちが噂の出どころを追っております。しばし時間がかかるかもしれません」

「私怨《しえん》の場合は、母上を殺すことそのものが目的である可能性もある」

　現在の国王たちは全員、イザベラの子である。

　彼女を手にかけることによって、三人の王それぞれに傷を負わせることができる。

「僕の配下からも応援を向かわせる」

　サミュエルは矢も盾《たて》もたまらないようだ。が、アルバートがそれを手で制した。

「俺の陣営の手落ちだ」

　修道院という場所柄、そしてイザベラの正体を隠せていると信じきっていたことから、油断していたのだ。

「俺たちがカタをつける」

「しかし……この状況、どちらの陣営に非があると言っている場合ではないでしょう。母さまを捜すなら人数は多い方が……」

「俺たちを撹乱《かくらん》し、王都の守りを手薄にさせることが目的かもしれない。サミュエル。俺が不在の間、お前が王宮に残るんだ」

今までアルバートは、王宮を空《あ》けることがほとんどなかった。どうしても必要に迫られたときは、後事をベアトリスに託した。

サミュエルは顔つきをひきしめる。

「僕が留守役とは、初めてのことですね」

アルバートがこの場を不在にするとは、ただごとではない。サミュエルは厳しい表情を崩さない。弟をからかうように、アルバートは軽口を叩く。

「そうだな。せいぜいさみしがって泣いているがいいさ」

「泣きませんよ」

いらだったようにサミュエルが言うと、アルバートは笑い飛ばした。

「母上のことは、万事こちらで片付ける。お前は母上の無事の知らせを受け取るだけで良い。それから、この案は承認しておいた。あとはトリスの返事を待て」

ばさりと書類をよこされ、サミュエルはそれを受け取った。

「ありがとうございます、兄さま」

「俺はいっこうに構わないのだが、トリスがなんと言うかだ。あいつも向こうでは難しい立場だからな」

「お手数をおかけしました、アルバート陛下」

エスメが頭を下げたが、彼は一瞥《いちべつ》をくれただけだった。

「俺の王杖は優秀で良かったと思っている」

「ガーディナー公を見習います」

嫌味にもめげずに明るく返してくる。これはこれでやりづらいものだな、とアルバートは思った。

＊

夜のお姫さまは、ベッドの中でじっと、太陽が落ちてゆくのを待っています。

夜がとっぷりと更《ふ》けてくると、たくさんのお友達がやってくるのです。

ふくろうにこうもり、不思議な鳴き声の虫さん。

彼らは窓辺から、お姫さまに話しかけます。

森に遊びに行こうよ、真っ暗だけど、とても楽しいから――。

お姫さまの金の瞳は、お月さまのかわりになって、夜の森をらんらんと照らすのです……。


……ここは、どこなのかしら。

曖昧《あいまい》になった記憶を、必死にたぐり寄せる。

（そうだ、わたくしはベラさまを追いかけて……）

意識すると、鈍《にぶ》い痛みがよみがえってきた。

左目はまだやけどを負ったような熱を伴《ともな》っている。太陽がのぼると同時に目を伏せたが、まなうらに赤く焼きついた陽の光は、クローディアを絶叫させた。

あまりにも彼女が騒ぎ立てるので、男たちはみぞおちに一撃を食らわせた。気を失っていられたのは、クローディアにとってかえって幸いであった。

固い地面の上に寝かされているようだ。口には荒縄で猿ぐつわがかまされており、縄にはみずからの唾液《だえき》がしみこんでいる。

手足は縛られ、身動きがとれなくなっていた。

痛む目を必死にこらして隣に横たわるイザベラの体をよく見る。怪我などはしていないようだ。胸がちいさく上下しており、呼吸をしていることは見てとれた。深く眠っているだけらしい。

懸命に体を起こし、用心深く周囲を見回す。クローディアたちを攫った男たちはここにはいないようだった。シオン山脈の奥へと馬を進めていたようだが、そのあたりは廃村ばかりである。

（ひと気《け》のないところへ連れてこられてしまったのね……）

助けを求めようにも、期待できないかもしれない。

なぜこのようなことになったのか。イザベラの身分を考えれば、さまざまな可能性が浮かぶ。ただの人攫い……それならば標的は誰でもよい。わざわざイザベラの部屋に忍びこみ、彼女に的《まと》をしぼって攫う必要はないはずだ。治療院の最奥《さいおう》に位置する特別室から人を引きずりだすのは手間である。

もしイザベラの正体を知った上での犯行だとしたら、王室への反逆か。

それならばかなり大きな組織が動いているのではないだろうか。

（わたくしとベラさまだけでどうにかなるのかしら……相手は何人で、なにが目的で、わたくしたちをどのようにするつもりなのか、なにもわからないというのに）

よりにもよって不安なのは、クローディアのみで――病人のイザベラに多くのことは期待できない――この状況を打開しなければならないということだ。

ぞっとする。いくら力が強いとはいえ、自分にそれほどのことができるとは思えない。

クローディアはみずからの体を抱きしめた。

クローディアの金の瞳は暗闇では目立つうえに、陽の光の下を歩くこともできない。この状況では完全なる足手まといである。

（せめて、彼らが近づいていることにもっと早く気づけていたら、こっそりとベラさまを逃がすことができたかもしれない。わたくしはなんのための夜回り係であったのかしら）

自分を責めても状況は変わらないことは理解していたが、そう思わずにはいられなかった。

こぶしを握りしめる。

――わたくしは、思い上がっていたのだ。

修道女になった。シスターたちは優しかった。ここでは化け物扱いされることもなく、少しは人の役に立てると思っていた。

もしかしたら、エルデール女子修道院こそが自分の居場所なのかもしれない。

だが、実際はどうであっただろう。昼間の奉仕活動にはもちろん出られない。掃除や夜回りなど、わざわざクローディアに任せなくともできるではないか。物を壊してばかりいて、かえって迷惑をかけていた。写本や物語を書いても、実際に昼間、子どもたちに文字を教えていたのは別のシスターだ。

病があるから、自分は守られていただけだ。フードの中に己を閉じこめて。

肝心なときに少しも動けないとは。

……もしかしたら、わたくしはここで殺されるのかもしれない。

男たちがなにをするつもりなのかはわからないが、クローディアの誘拐までは彼らの計画に入っていないようだった。不要な人間ならば口封じに殺すしかない。

それがわたくしの人生の終わり。いつか想像していた、アルバート陛下からの手紙を後生大事に抱く老後は手に入らない。

あの手紙は、クローディアを「特別な女」にしたかもしれないものだった。エヴァはそれを自分のことのように喜んだ。

わたくしはおそれからそれを見なかったことにした。

自分は特別な女ではない。ただの己に自信の持てない女なのです。そう言って、また夜になって孤独の涙をこぼすだけだった。

変わりたいのか、変わりたくないのか。その気持ちさえはっきりさせないまま。

――わたくしは、考える機会を先延ばしにしていただけなのだわ。無為な時間を過ごすことを「仕方ない」と片付けていただけ。

だが人生は、思いがけずあっけないらしい。自分の命は風前の灯火《ともしび》であった。

これで、終わり？　……本当に？

クローディアは一度、目を閉じた。

自分のことが、ほとほといやになったのである。

神よ……もしわたくしに最後の機会を与えてくださるのなら。

遅すぎる決意だったとしても、もう少し、もがいても良いのでしょうか。

腕に力をこめる。クローディアの縄はことさらきつく縛られていたが、何度か挑戦をするうちに、縄の繊維がちぎれてゆく手ごたえがあった。

(もう少し……‼)

歯を食いしばり、手首にからみついた縄を引き伸ばす。

やがて縄はいきおい良くはじけ飛んだ。

手がすっかり自由になってしまうと、猿ぐつわをほどきにかかる。ほとんどむしり取るようにして、それを投げ捨てた。

「ベラさま」

イザベラは気がつかない。それでもクローディアはあきらめなかった。

「ベラさま」

生きて目覚めた。それは状況を好転させよという、神のご意志ではないだろうか。

このままでよいのかと、問われているのではないだろうか。

ここにきてようやくわかった。

わたくしは何年経《た》っても自分の生き方に納得することができないだろう。あと十年経とうが二十年経とうが、修道院で夜を彷徨《さまよ》い歩くたびに、廃墟に置いてきぼりにされたような心許《こころもと》なさを味わい続けるだろう。

わたくし自身が、なにも変わっていないからだ。「誰か」から評価されることに耐えられず、病を言い訳にはじめから変われないと思いこもうとした。そうして一歩を踏み出そうとしてこなかったから。

だからアルバート陛下に手紙の返事を書けなかった。王宮の侍女になどというだいそれたことも考えられなかった。わたくしは変化を恐れ、自分を守ることを優先したのだ。他人の視線におびえ、他人の優しさに甘え、それを良しとして生きてきたのだ。

報《むく》いを受けたのである。

しかし、これはわたくしだけが支払うべき代償。イザベラさまには関係がない。なまけて生きてきたことを贖罪《しょくざい》せよというのなら、このちっぽけな人生をかけて成《な》し遂《と》げよう。

イザベラ王太后を、王たちのもとへ帰すのだ。

これは戦いだ。わたくしという無力な女の、命を懸《か》けた戦。

「ベラさま。起きてくださいませ」

辛抱強く声をかけ続けると、イザベラはうっすらと目を開けた。クローディアはほっと息をつく。

「よかった。お目覚めになりましたのね」

「ここは……？」

「わたくしにもわかりません」

声が不自然にこだましている。

（わたくしたちには情報が少なすぎる。まずは状況を確認しなくてはならないわ）

男たちは近くにいないようだ。耳を澄ませたが、足音ひとつしない。

クローディアは視線であたりをさぐった。

「ベラさま、縄をゆるめますわ」

イザベラの縄に手をかける。かたく締め上げられていたが、クローディアはそれを力ずくで引きちぎった。

彼女も、泣いたり騒いだりしなかった。イザベラの表情は固い。彼女なりに危機を認識しているのだろう。

（やれば……できるかもしれない）

クローディアは次にどうするべきかを考える。

エヴァも、マザー・アリシアもいない。頼りになるのは自分だけだ。自分のことは、自分がもっとも頼りにならない人物だと思っていた。だが今はそんなことを言ってぐずぐずしている場合ではない。

自由になってしまうと、クローディアは部屋を調べ始める。鉄のドアには外側から鍵がかけられており、内側にはドアノブがない造りになっていた。

見張りなしでふたりをここに入れておいたのは、この部屋なら逃げられる心配がないからか。

(まるで囚人を入れておくような厳重な扉ね……さすがのわたくしでも扉を壊すのは無理そうだわ)

そして、端に寄せられていた家具に注目する。ぼろぼろのベッドの上には書類やしみだらけのリネン類が積み重なっていた。

埃《ほこり》をまき上げるそれを手に取って、クローディアは書類をめくってみる。

(カルテ……?)

名前と病名、投与されている薬や起床・就寝時間などが細かく記されている。

カルテの日付を見て、クローディアは考える。

かつて、エルデール修道院には、精神をわずらった患者たちがあふれかえっていたときがあったという。

時はアデール女王の治世を迎える少し前。国がもっとも荒れていた頃である。

戦争を経験した者、家族と別れ別れになった者、貧しさでよりどころをなくした者。理由はそれぞれであったが、心の病をわずらう者たちは国中で増えていた。山間部のエルデール治療院でも受け入れられる人数をすでに超えており、新しく診療所を作ることとなった。

といっても、国は貧しく予算はない。そこでシオン山脈のはずれ、廃坑となった鉱山を利用することにしたのである。

（ここがその診療所なのだとしたら……）

診療所では患者が勝手に出歩かないように、頑丈な扉に鍵がつけられていたという。まさに誰かを閉じこめるにはうってつけであるといえる。

やがてアデール女王の治世となり、イルバスが豊かになり始め、患者も減ると、診療所は閉鎖された。その際、誰かが誤って迷いこむと危険であると、入り口は塞《ふさ》がれたはずである。

「クローディア。私たちは大丈夫なの……？」

イザベラが不安そうに、クローディアの手をさぐって、握りしめる。

「サミュエルに会いたい。こんなことになるなんて……」

ここがエルデール修道院からそう離れていないのなら、まだ望みはある。

朝を迎えていれば、シスターたちが倒された護衛官を見つけているはずだ。捜索隊は必ず組まれる。

（まずはふもとの村から調べられてしまうかもしれないけれど……）

この場所を見つけるまでに、時間がかかるかもしれない。それまでに自力で脱出するか、助けが来るまでイザベラを守り続ける。

やってみよう。わたくしにどこまでできるのか。

「大丈夫ですよ、ベラさま」

クローディアは声を落とし、彼女をはげました。

ともかく、男たちの動向を探らなくてはならない。なにが目的でイザベラを攫い、今はどこへ行って何をしているのか。彼らをまいて、山の中に逃げこんでしまえば、助けを呼べるかもしれない。そのときが夜ならばの話だが。

「わたくしが必ずお助けいたします」

クローディアは、イザベラの手を握りかえした。


ほどなくして、扉の鍵ががちゃがちゃ鳴る音がした。

隣でイザベラが体を硬くする。クローディアは励ますように彼女の手の甲をさする。

「食事だ」

男の声であった。ひとりのようだ。扉がひらき、乾いたパンが投げてよこされる。

カンテラの明かりが部屋を照らす。クローディアはまぶしくて目をすがめたが、すぐさま前に飛び出した。

「お前たち、いつのまに縄を……」

言い終わらないうちに、クローディアは男のカンテラを奪った。地面に叩きつけ、火を踏み消した。あたりは再び暗闇に支配される。

クローディアは、自身を縛っていた縄を男の首に巻きつけた。

「なにを」

「動かないで」

クローディアはできるだけ低い声でささやいた。暗闇の中、金の瞳がきらりと光った。

男はひとりであった。だからこそ思い切った行動に出られた。彼らはあまり人数がいないのかもしれない。それか頭数は揃っていても、女たちの食事係などひとりでじゅうぶんと考えていたのか。

(修道院にやってきた男たちは三名だったけれど……他にも仲間がいると考えた方がいいでしょう)

クローディアは縄を引いたまま回りこんで、男と目を合わせる。

「わたくしの目を見なさい」

「放せ……」

ものは壊しても、他人に暴力をふるったことはない。自分の腕力がどこまで通用するのか心配ではあったが、男は苦しみあえいでいる。

(迷惑をかけてばかりだったわたくしの怪力も、少しは役に立ちそうね)

男の首をさらにきつく締め上げ、クローディアは続けた。

物語を語るように、たんたんとつぶやく。

「この瞳には悪魔が宿っております」

なにを言いだすのだこの女は、とでも言いたげな表情を、男は浮かべている。

「あなたのことは悪魔がすべて見通しております。額《ひたい》に大きなしみが、くちびるの下に古傷がありますね。剣で受けた傷かしら？　あなたは戦場にいた……カスティア人ね。おびえた表情をなさらないで。暗闇がすべてを包みこんでも、わたくしにははっきりとわかる。悪魔は誰よりもあなたの弱さを知っている」

暗闇の中、男の表情をとらえられるのはクローディアしかいない。

利用するのだ、この瞳を。

こけおどしでもなんでも構わない。特別な力があると、この男に思いこませるのだ。

不気味な物語を聞かせる時のように、ささやくような低い声でクローディアは続ける。

「なんでも見えるのよ、わたくしには。あなたがこのような場所に取り残されたのは、理由があるということもね」

イザベラが眉を寄せている。

ここからは完全にクローディアの憶測だった。あまりにも見当ちがいなことを言っては、はったりがばれて、脅《おど》しは通用しなくなる。しかしうまくいけば男から情報を引き出せる。

男はひとりでやってきた。いくら捕らえているのが女ふたりとはいえ、これではあまりにも警戒心がとぼしい。イザベラを王たちへの交渉材料にするつもりなら、取り逃してしまってはおしまいなのだ。クローディアはともかく、イザベラのことはよくよく見張っておかなくてはならないというものである。

にもかかわらず彼らはクローディアとイザベラを同じ部屋に閉じこめた。こうして結束して行動を起こすかもしれないという考えに至っていない。つまり、とことん見くびっているのだ。

となると、見張りもその程度の仕事しか任せられない者ということになる。

クローディアはゆっくりと言った。

「あなたははずれくじを引いたのね。足手まといは虜囚《りょしゅう》の見張りでもしていろと言われたのでしょう」

男の表情がゆがむ。当たりだ。よくやれている。想像するのだ。その次を。

（空想だけは、それをおぼえた日から一日も欠かすことなくやってきたわ。次にこの男にとって「ありえそうなこと」を考えるのよ）

幼い頃から部屋に閉じこもり、本だけを読んで過ごしてきた。

わたくしは孤独だった。そしてそれを忘れさせてくれる手段が空想と物語だったのだ。

今こそそれを味方につけるときである。

堂々と嘘をつく。でたらめなほらを吹く。悪魔じみたふるまいをする。だが、神も今なら許してくださるだろう。

「他の仲間はあなたをここへ置き去りにした。首尾《しゅび》良くやったと『上』に報告するためね？」

不慣れな男たちだけで王太后を誘拐するとは考えにくい。そもそもイザベラの正体を知っている時点で、かなりの組織のはずだ。

そして誘拐だけが目的ならば、いつまでもぐずぐずとシオン山脈付近にとどまっている必要はない。イザベラを連れ、行方をくらますべきだ。彼らは「ここまで」しか指示されていない。

背後に別の人物がいる。

彼らはいったいどこにいる？

「正直に答えなさい」

「クローディア。どうなっているの」

視界が暗闇のままのイザベラは、状況を把握できない。おろおろとするばかりだ。

「教会に封じられた悪魔は、罪の匂いに敏感です。わたくしはこの男の罪をあばいているのです」

男はおびえた表情を見せる。クローディアはさらに男の首を締めつけ、腹を蹴り上げた。うめいてうずくまる男に、彼女は残忍な言葉を漏らす。

「悪魔の力からは、けして逃れられないわ」

「……うから」

男があえいでいる。クローディアはゆっくりと縄の力をゆるめたが、再び引きしぼった。

「わたくしを騙《だま》すつもりなのもわかっています」

「あっ……言……言う……」

男は床に膝をつき、すっかりへばっていた。クローディアは首の縄をほどくと、それで男の腕を縛り上げてしまった。

「そうだ……あんたの言う通り上がいる……仲間は……」

らんらんとした金の瞳が光る。男は息を呑んで続けた。

「仲間は……上を呼びに行ったが……戻らない……探しに行こうとしたが坑道の入り口が塞がれていて……外に出られないんだ……」

──なんですって。

思わぬ情報に、クローディアは我が耳を疑った。

「俺たちはここに閉じこめられたのかもしれない……俺は見捨てられたのかもしれない……」

それは本当のことなの、とは聞けなかった。この段まできたらできるだけしゃべらず、相手を焦《じ》らすほうが得策だ。今まで物語に出てきた悪役たちは、みなそうしてほしい情報を手にしてきたのである。

「ここは旧エルデール精神病院ね」

クローディアの言葉に、男はうなずく。

「病棟《びょうとう》はいくつかあったはずよ。山のどちら側の病棟にわたくしたちを連れてきたの？」

「……それは悪魔にはわからないことなのかい」

男はクローディアの修道服の裾《すそ》にかみついた。とっさによけたが、びりびりとスカートが破けた。

「ふざけやがって。猿芝居は終わりだ」

――ここまでか。

長くやりすぎたのだ。男に冷静になる隙《すき》を与えてしまった。

クローディアは縄を男の口に押しこみ、足も縛り上げる。暴れる男のポケットから鍵を取り出した。先ほど男の体から、金属のぶつかる音がしたのを聞き逃さなかったのだ。

「行きましょう」

クローディアはイザベラの手をつかんだ。

男を置き去りにし、扉に鍵をかける。これでしばらくは時間を稼《かせ》げる。

手が震えて、うまく鍵穴に鍵が入らない。

「早くして、早く、早く……」

クローディアは焦ったようにつぶやいた。

落ち着かなくちゃ。鍵を壊してしまうかもしれない。

冷や汗が背を伝ってゆく。

悪魔の語り手の魔法は解けた。無力な修道女は己のしでかしたことを思い出し、がくがくと震える始末である。

だが手加減すれば殺されていた。わたくしだけでなく、イザベラさまも。

「大丈夫よ、クローディア。大丈夫」

そのとき、イザベラが言い聞かせるように、そう声をかけてきた。

「わたくし……」

「ゆっくり力を抜いて」

イザベラは今まで見たことがないほど、落ち着き払っていた。

まるで、子を守る母親のように。

彼女の言葉をきっかけにこわばっていたクローディアの手から力が抜け、鍵がぴたりとはまった。

イザベラは手をさまよわせ、クローディアを捜している。その手を、思わずクローディアは握りしめていた。

「大丈夫よ、大丈夫ですからね」

イザベラは励ますようにしてそう言った。
――わたくしは、ひとりではない。
クローディアの瞳から、涙がこぼれていた。

第四章

シオン山脈、エルデール女子修道院。

国王アルバートと、彼の率いる青の陣営の配下たちが到着した。

もうアルバートは身分を隠さなかった。こうなった以上、たとえイザベラが無事に見つかったとしても、この治療院に彼女を置いておくわけにはいかなくなった。彼女を安全な場所——王宮の中へと連れ帰らなくてはならないだろう。そうなればイザベラの偽《いつわ》りの身分も不要のものとなる。

気を遣《つか》う必要がなくなると、アルバートは数にものを言わせることにした。

青の陣営の旗をはためかせ、ものものしい雰囲気の軍人たちがエルデール修道院を取り囲んだ。

アルバートは坑道の入り口をにらんでいる。

入り口は塞《ふさ》がれている。行く手を阻《はば》む廃材の山に、青の陣営一行は立ち往生《おうじょう》をした。

「状況を報告しろ」

アルバートの言葉に、イザベラの護衛官たちは顔つきをひきしめた。

「明け方前のことでした。我々は修道院周辺、登山道に設《もう》けられた休憩所、ふもとの村にそれぞれに待機しておりました」

エルデール修道院や治療院へ向かうには、ふもとの村から登山道をのぼってくる必要がある。現在使われている道はそのひとつだけ。他は廃村になった村々へつながる道しか残されていなかった。それも数十年前に閉鎖されており、人が通りかかることすらなかったのである。

そのため、修道院には最低限の人数を配置し、村や登山道へ人数を割いたのであった。本来であれば男子禁制の女子修道院に配慮した結果であった。

ウィルは思案顔である。

「それが仇《あだ》となったというわけか。陛下がクローディア嬢のために、若い男を減らしたせいでは」

「俺のせいみたいな物言いはやめろ。女子修道院に配慮しろと言っただけだ」

護衛官は遠慮がちに報告を続ける。

「治療院に詰めていた護衛官のうちひとりが、後頭部を殴《なぐ》られ負傷。現在は治療中であります」

処置室に運びこまれた護衛官は、黒ずくめの男の姿を見たと言った。

そして、イザベラ王太后とシスター・クローディアを攫っていってしまったのだと——。後の調べによれば、護衛たちが待機していたふもとの村や登山道を、男たちは通らなかった。

となると、シオン山脈の奥深くから彼らはやってきたことになる。

「こちらがシオン山脈の地図になります」

部下たちが広げた地図を、アルバートはのぞきこむ。

「廃山となった鉱山、そして廃村がいくつか存在しています。この村々の建物は取り壊される予定でしたが、予定が延びておりまして——」

「それはなぜだ」

「土地の所有者の所在がなかなかつかめないからであります」

もともとこの領地を統治していた貴族は病死。その後親類縁者に引き継がれていたはずだが、その人物も失踪《しっそう》。いつのまにか所有権があやふやとなっており、宙に浮いていた。

土地の権利は何者かが買い取った、との噂《うわさ》ではあるが、アルバートはこの非公式な取引をもちろん認知していない。

ウィルはすぐさま部下たちに指示をした。

「さっさと持ち主を特定しろ。誘拐犯の根城にされているとは許しがたい」

「かしこまりました」

「それでは、母上とクローディアをさらったクソどもが、どこにいるかということだが」

アルバートの言葉に、護衛官は「続けて報告がございます」と続ける。

「この近くの駐留部隊《ちゆうりゆう》を向かわせましたが、気になる報告が上がっています。坑道内部から異臭《いしゆう》がするようです。可燃性のガスが流出したおそれがあると……」

「つまりは、ここで爆薬でもなんでも使って派手にこの障害物を吹き飛ばすことは不可能ということでいいんだな？」

アルバートは後ろ頭をかく。ややこしいことになった。

トリスがここにいれば。こういったことは妹に任せておけば間違いなかったのだが。

「先に廃村の捜索を進めますか？　苦労して障害物を取り除いても、別の場所にイザベラ王太后《おうたいごう》がいらっしゃるならば意味はありません」

「もし犯人がミリアム王女の血縁者なら、母上はこの中だろう」

イザベラを恐怖のどん底に突き落として殺す。暗闇の廃鉱山など持ってこいではないか。

「母上が攫われて何日が経《た》つ」

「四日です」

馬を飛ばしてきたがこのありさまだ。生存は絶望的か。

しかし、アルバートの直感は、彼女たちの生存を告げている。

だからこそ、この広大なシオン山脈を前にしても落ち着き払っていられるのである。

「――夜明けまで待つ」

「アルバート陛下。今、進まれないのですか」

事は一刻を争う。ウィルの疑問はもっともだ。

「どちらにせよ坑内で明かりは灯《とも》せませんし、朝になっても坑道の奥まで陽の光は届きませんが……」

「誰より夜目のきく女がいるだろう。朝に進んだ方がよい。太陽がのぼるそのときを待つ。全員装備品はよく確認しておけ」

アルバートの指示により、軍人たちがシオン山脈に散った。

イザベラは生きている。

おそらく――クローディアも。

＊

クローディアは、イザベラと共に廃坑の中でじっとしていた。

臭《にお》う。わずかだが、目や鼻がしびれるような感覚がする。

可燃性ガスの流出。それはもっとも恐れるべきことだった。

なにかの拍子《ひょうし》に引火すれば、坑道は炎に包まれる。

ガスが漏《も》れているのだとしたら、一刻を争う事態だ。

――あの男は、坑道の入り口が塞がれていて外に出られないと言った。

入り口を塞いだ者がいる。

ガスの流出を知ってのことだろうか？

わざと……仲間ごと、イザベラとクローディアを置き去りにした。

（イザベラさまを殺すつもりだったということ……？）

しかしふたりはまだ生きている。それに殺害が目的ならば、攫ってくるなど面倒なことをせずともよかったはずだ。

犯人の行動は矛盾《むじゅん》している。こういうときは、かならず何かしらの強い動機が伴《ともな》っているのではないかと、クローディアは想像する。

イザベラに恨みを持つ人物。

（占い師ノアの復讐……？）

国を追われた占い師が、イザベラに対して恨みの感情を持った……？

――いいえ、ならば直接……わたくしたちの前に姿を現しても良いはず。

怨恨《えんこん》ゆえの犯行ならば、その恨みつらみをイザベラにぶつけてくるはずだ。しかしノアの姿はどこにもない。この物語は捨ててもよいだろう。

……わたくしの想像を超えたなにかが動いているのかもしれない。それはあの男の言う

「上」の判断なのかも……。

びりびりと神経をとぎすませ、次の考えを頭の中に呼び起こす。

クローディアの中にはさまざまな物語が展開していた。最悪の可能性をいくつも詰めた恐怖の本が、頭の中でページをひらいている。それを「語り手」である自分が否定すると、ページは閉じて、「現実」を改めて考えられるようになる。

クローディアは、彼女なりの方法で状況を整理していたのである。

……次に考えるべきは、ガスのことだわ。

もしガスが可燃性のものだとしたら、わずかな火の気《け》が命取りになる。

臭《にお》いの濃く充満している場所を避ければ、迷路のような道を進むことになる。クローディアとイザベラは、ガスをよけ、ひたすらに歩き続けるほかなかった。

出口から遠ざかっているのかもしれない。自分の進路に確信が持てない。

ごくたまに、古ぼけた標識が残っているが、全体の構造がわからない以上あまりあてにはならなかった。それでも打ち捨てられたトロッコの数を目印に数えながら、クローディアは脳内に地図を展開する。

病院となった後も病人や物資の搬送用にトロッコは使われていたらしい。設備に手を入れられていた跡がある。もしかしたらこのトロッコはまだ動かせるかもしれない。問題は線路がどこまでつながっているかだ。線路の継ぎ目の場所を頭に留《とど》め置きながら歩く。

うまく道がつながらないときもあり、そういったときは立ち止まって考えこまなければならなかった。

　わたくしにはもうわからない――そう投げ出してしまうことは簡単であった。クローディアはじっと耐えた。そのようなやけな気持ちがわき上がるたびに、物語を思い出した。筋道を、順序立てて、けして急がずに事象を重ねてゆく。そうすれば時間はかかるものの、落ち着いて行動することができた。

　お話の筋書きはけして突拍子《とっぴょうし》なものではない。すべての出来事は点となり、線でつながっている。クローディアたちは、慎重に線の上を歩いている。そう理解すれば、状況を整理できる。

　男たちは追ってこなかった。明かりがなくともクローディアは行動できる。彼らはそのことを知らない。もし彼らがガスの流出を知っていて、火の使用を控えているなら。手探りで坑内を進むことになる彼らと、すいすいと進むことができるクローディア。イザベラを連れているため、けして素早く行動することはできなかったが、男たちから確実に距離を稼げるはずだ。

　あたりに耳をすませ、人がいないことをたしかめると、クローディアはイザベラを座らせて休ませながら、ささやくようにしてイザベラに物語を聞かせ続けた。

「森のお友だちは、夜のお姫さまの味方です。人生においてすばらしいことが起きるのは、昼。でも特別にすばらしいことが起きるのは、決まって夜のことだと、彼らは知っているのです――」

イザベラは、物語を聞くときは気持ちが安定しているようだった。

こんなふうにのんきにしていていいのかしら。休まず動きつづけた方が……いや動けばやぶへびになるかもしれない。

焦《あせ》る気持ちとあさはかな行動をおさえる気持ちのせめぎあいに、クローディアは苦悩した。けれど彼女は思い悩むことには慣れていた。

混乱しないで。

物事は一つ飛びには進まない。焦《あせ》ってもじたばたしても、けして近道は見つからない。気持ちをなだめて、次にするべきことに集中する。

イザベラは国王たちに対するこれ以上ない交渉の材料となる。彼女を捜すために男たちはまだ坑内にいる可能性も高い。

イザベラを生かすか殺すか。男たちの目的ははっきりとしなかったが、交渉のカードとしてイザベラを攫ってきた可能性がじゅうぶんにありえる以上、下手《へた》な行動はとれなかった。

「お姫さまは夜をおそれませんでした。勇気があったのです。どんなに真っ暗闇でも、冷たい雨が降ってきても、彼女は月の光を信じていました。その光はいつだって、お姫さまのつぶらな瞳の中にあったのですから」

——いつまで続くのだろう。

クローディアは物語を紡《つむ》ぎながら、そう考えた。

こうしてイザベラを励まし続けるのは、彼女の錯乱を避けるためである。もう何日が経過したのかがわからない。男から奪ってきたパンはとっくに食べてしまっていたし、万一男たちに見つからなくとも、早くこの坑道を出なければいずれ餓死《がし》してしまうだろう。

（わたくしは判断を誤ったのかしら。あのまま捕まっていれば、イザベラさまは人質として生かしておいてもらえたのかもしれない）

男たちが内輪もめを起こし、仲間を鉱山に置き去りにしたのだとしても、イザベラだけは回収に戻るのではないか。

イザベラは眠たそうにしていた。クローディアもそうだが、生まれてこの方、このような緊迫した状況に晒《さら》され続けるということはなかった。イザベラの体はかつてない疲労を訴えているに違いない。

緊張の中、わずかに気持ちがゆるみかけると、意識を失いそうなほどの眠気が襲ってくる。クローディアはくちびるをかみしめ、耐えた。少しの油断が命取りになる可能性があった。眠っている間に、もしガスがここまでやってきたら？　クローディアまで眠りこけてしまっては、手遅れになる可能性がある。

しっかりしなくては。

わたくしはこの目を活《い》かして、イザベラさまを助けると決めたのだ。ここで彼女を失っては命を懸《か》けた意味がなくなる。

体力的にも、このあたりが限界であろう。勝負に出るほかない。

「少しだけ様子を見てまいります……ベラさま」

クローディアが言うと、イザベラははっと目を覚まし、首を振る。

「だめよ。私のそばにいて」

「すぐに戻りますわ。このままではわたくしたち、外に出ることは叶《かな》いません」

「きっと助けが来るわ。それまでじっとしているの」

「聞き分けてくださいませ」

「……聞いてほしいことがあるのよ。もしかしたら私もう、持たないかもしれないから。あなたが聞いて、哀れな王太后の物語にでも仕立て上げてちょうだい」

クローディアは目を見張った。

イザベラは真剣である。クローディアは浮かせた腰をふたたび下ろした。

「今でも私は、間違ったことはしていないと思っているの」

イザベラは静かにそう語った。

末王子――いまは国王となったサミュエルのことを。彼を守るために、母親として心を砕いてきたことも。

その気持ちも知らず、彼女の手を離そうとしたサミュエルに、絶望したことも。

「世の母親のようになりたいと思いながら、世の母親がどうやって子どもとの別離を受け入れていくのか、私はさっぱりわからなかったの」

クローディアは、王太后《おうたいごう》の言葉に耳を傾けた。

暗闇の中、ぽつりぽつりと語るイザベラ。ここはまるで懺悔《ざんげ》室であった。

「あの子が王になるのをやめさせたかった。ずっと私だけの可愛い息子でいてほしかった。それをさまたげようとする人たちは、みんな私の敵だった」

愛ゆえに、人はおかしくなってゆく。

そして愛を知らぬゆえに、人は心を閉ざしてゆく。

クローディアにはなにが正解なのかはわからなかった。未熟な自分が形ばかりのなぐさめを口にすることは、もっともしてはならないことだと思っていた。ただ、イザベラの手を握りしめた。

「私のサミュエル。私が愛した息子。夫よりもノアよりも、我が身よりも大事だった。なのにサミュエルにとって私は、そういった存在ではなかったということだったと……」

「そのような……」

「私と同じくらいの愛を、サミュエルにも向けてほしかったのよ、クローディア」

……誰も、誰に対しても、そのようなことは求められない。

たとえ恋人でも、友人でも、親子でも。自分と同等の愛を求めることはできない。肉体も魂もまるで違う者同士だからこそ。

(わたくしの周囲にいてくれた人たちも、そうだったのかもしれない)

エヴァも、マザー・アリシアも、父も。もしかしたら……母も。

みずからを否定し続けるクローディアに、どうにか自分の思いをわかってほしいと、そんな気持ちを抱き続けていたのかもしれない。

イザベラは、それをゆっくりと口にした。

「もう、私のサミュエルではなくなったのね。彼は国王サミュエルになった。イルバスのものになったの」

ただありのままに事実を受け入れること。

それは簡単なようで、難しい。愛を盾《たて》に己《おのれ》の気持ちを突き通すことができなくなるから。

「愛を否定する必要はないと思います。愛を武器にすることを、やめてしまえるのなら」

うまく話せているかはわからなかった。それでもクローディアは、まっすぐな気持ちを伝えた。

愛しているから、わかってほしい。愛しているから、あなたも愛してほしい。

それは独りよがりな感情で、愛ではなく執着なのだ。

「……サミュエルは私を愛してくれたけれど、私に執着はしなかった。良い息子を持ったということね」

イザベラはゆっくりと続けた。

「そして、彼を蹴落とさず受け入れたアルバートとベアトリスも。私の息子と娘、そしてベルトラムの──イルバスの子どもたちも」

「……ええ。立派な国王になられましたわ」

ふたりは顔を見合わせて、ほほえみあった。イザベラにはクローディアの顔は見えていないはずだったが、不思議と彼女の表情がわかるようであった。

「さあ、国王陛下たちと再会を果たしましょう」

クローディアは、周囲を見渡した。この場所にたどり着いたとき、ひとつの可能性が頭をよぎっていた。

イザベラは変わった。変わることができた。次は自分の番である。

今だけは自分を無力な女だと言うのはやめよう。

この命に意味を見いだすのは、誰でもない。

──わたくし自身よ。

今こそ自分の力を信じよう。大切な人を助けるため。誰の言葉も受け入れられなかった、そんな自分に別れを告げるために。

*

ようやく坑口の障害物を取り除くことができた。

ガス爆発を避けるため、少しずつ、慎重に作業を進めなくてはならなかった。アルバートはこういったまだるっこしいことは嫌いである。彼はイライラと地面を踏み鳴らしながら、夜明けを待っていた。

「報告いたします！　坑内で動きがあったもようです！」

部下が、アルバートの前で敬礼をする。

数名の斥候《せっこう》部隊を放った。ようやく報告を持ち帰ってきたようだ。

「犯人の一人とおぼしき男が見つかりましたが、両足と背中の骨を折り重傷です」

「どの地点だ」

アルバートは眉間《みけん》にしわを寄せる。

「男は壊れた階段から落下したようで……こちらの箇所《かしょ》です」

アルバートは地図をじっと見つめる。

トロッコのそばに、たしかに階段の所在をあらわす印がある。

「トロッコを使わなかったのは、ガス漏れの異常事態だからか？　それともトロッコが故障していたからか？」

地上へのルートはふたつある。貨物用トロッコに乗って移動するか、足場の悪い坑道を使って移動するかだ。

「トロッコはごく最近……とはいっても、精神病院の閉鎖時までですが……使われていた記録があります。まだ動くのではないでしょうか」

ウィルが地図に描かれた線路を指でなぞる。

「坑道を歩いて移動するよりは時間の節約となりますし、トロッコは複数の坑口とつながっています」

「しかし、すべての坑口は塞がれている」

塞いだのは誰だ？

アルバートたちの侵入を防ぐためというのなら、なぜ自分たちが脱出した後にそうしない？

「やはり、矛盾している」

「アルバート陛下」

「どう考えても行動に一貫性がないな。犯人たちの思惑《おもわく》がばらばらだ。ことに首謀者は金銭を目的としているとは思えない。最悪の愉快犯だ」

アルバートは金のまつげを伏せて、思考に沈んだ。

目的は、イザベラを苦しめること。

苦しみは長ければ長いほどよい。共に閉じこめられた実行犯さえも混乱し、わけのわからない行動をとりはじめているほどである。なおのこと恐怖は長引く。悪夢の中に滞在させるというわけだ。

おそらく首謀者は手下になにか甘言《かんげん》を吹きこみ、使命感を持たせ、王太后誘拐という大罪を犯《おか》す気にさせた。そして手下はそれを忠実に遂行《すいこう》した。それが遊戯《ゆうぎ》であるとも知らずに。

――クローディアは、気づいたのだろうか。

悪夢から抜け出すには、用意された展開をめちゃくちゃに壊す人物が必要である。

斥候部隊の兵たちは、大怪我を負った男をひとり捕らえた。

何日も物を口にせず、痛みに耐え暗闇の中震え上がっていたその男は、開口一番こう言ったという。

話が違うと――。

「犯行について、今は詰め所で吐かせています。しかし精神に異常をきたしているようで、なかなか要領をえません」

「このガス噴出は男たちにとっても予想外であったということか」

やはり実行犯と黒幕は、目的が異なっているということか。

「イザベラ王太后さまとクローディア嬢の行方《ゆくえ》は依然《いぜん》わからぬままですが」

「彼女ならば、暗闇の中でもなんなく移動できる。恐怖をものともせず坑内を進める」

もうすぐ夜が明ける。突入まであとわずかだ。

万一火災が起きたときのために、放水する準備も整えさせるほかあるまいが、近くに沢もないこの山奥まで大量の水を運びこむことは可能なのだろうか。万一の展開は起こらないと信じたい。

「誘拐犯を全員捕らえろ。死んだ者がいたら遺体を引っ張り出して頭数を割り出せ。母上とクローディアは安全が保証されるまでけして出てこない」

「かしこまりました」

「——さて、俺も行くか」

アルバートが剣を取ると、ウィルが顔をしかめる。

「まだ危険です。もう少し斥候部隊に様子を探らせた方が……」

「情報は十分集まった。おそらくクローディアはトロッコをすべて壊して回っている」

「なんのために？」

「犯人を罠《わな》に陥《おと》れるためだ。出口がある以上、そのそばで救助を待ちたいと思うのは当たり前だ。誘拐犯はすべての出口が塞がれているのに気づいた上で、なおどこかの出口のそばで待機するはず。仲間割れだかなんだか知らんが、気が変わって自分たちを助けてくれるかもしれないと思ってな。その展開を読んで、奴らがトロッコで移動できないように仕組んだ」

トロッコがあるのにわざわざ階段を使う理由。そしてその階段が壊れていた理由。

頼みの綱のトロッコは使えない。ならば坑道をたどって出口へ向かうしかない。暗闇の中、手探りで階段の手すりをつかむ。その結果、奈落《ならく》に落とされるとも気がつかずに。

クローディアは、犯人の思考を読んでいる。その上で罠を仕掛けている。

暗闇と怪力、そして想像力。自分が持ちうるすべての武器を使って、イザベラを助けようとしているのだ。

地図を指さし、アルバートは続ける。

「坑口に向かうため犯人がトロッコを探すと分かっているのなら仕掛けやすい。彼女はトロッコのそばに身を隠し、犯人が罠にはまるところを確認しているはずだ」

旧病室の一室から、男がひとり見つかった。酸欠により意識を失っていたが、斥候隊が捕らえ、情報を吐かせた。

イザベラ王太后とクローディアは、男から鍵を奪い取り逃げていったのだという。男は金の瞳の悪魔が、とうわごとのように繰りかえしていた。

「あれの目は使えるな。坑道をさまよい歩きながら、敵を闇の中に引きずりこんだわけだ」

まさに、悪魔のごとき所業。

それにしても、この状況で動けるか。

いくら追い詰められているとはいえ、よほど精神がとぎすまされていなければ、こうして逃げ続けることは不可能だ。

彼女のやりくちは冷静である。

内気な修道女だと思っていたが……。

(己の意志を通す強さはあったな)

イザベラの病室で会ったときの彼女を思い出す。一筋縄ではいかない女だと思ったが、ここで期待以上の働きを見せてくれるとは。

「アルバート陛下。何度も言いますが危険です――」

「入り口の障害物を取り除き、情報が出揃うまで朝までかかるだろうと思った。だから待った。これ以上は時間のかけすぎだ」

ただ待機していたわけではない。焦って突入すれば、思わぬ事故を引き起こす可能性がある。

昼の事故と夜の事故では被害の深刻さがまるで異なる。真夜中では近隣の村人たちのほとんどが眠っているし、視界の悪い中、山火事が起きれば手の施《ほどこ》しようがなくなる。

万一のことを考え、アルバートは機が熟すまで待っていたのだ。

「俺は母上を助けに行くだけだ。感動的だろう、攫われた母親を息子がその手で救い出す。母上にとって残念なのは、その息子がサミュエルでないことくらいだ」

ウィルはなにか言いたげにしている。

「そしてクローディアは俺の母親を守っているのだ。俺が救い出すのは当然のこと。死にたくなければここに残っていろ」

「まさか」

「まあ多分死なんから大丈夫だ」

アルバートは目を細めた。

「陽がのぼる。ここからは太陽の王の時間だ。夜の姫君はもう動けまいよ」

*

闇の中に悲鳴が響く。クローディアは息を吐いた。

杭打ち用の巨大な木槌《きづち》を見つけると、手押しトロッコを破壊した。階段の朽《く》ちた部分にも大木槌を叩きつけ、人が乗れば崩れるようにして――これはイザベラも手伝おうとしたが、ひびひとつ入れられなかった――誘拐犯たちを罠にはめた。重労働で体はくたくただが、ひとり、またひとりと男たちを片付けることができた。

人を傷つけることは罪深きことだ。懺悔はしてもしたりない。だがイザベラを守りたい。これ以上自分に罪を重ねさせないで、わたくしを本当の悪魔にしないでと願いながら、彼女はひとつ、またひとつと道に障害物を増やしていった。

ひと気《け》がなくなってしまえば、歩きだせる。

（出口は塞がれている……でも、もしかしたら、わたくしなら。がれきを動かすこともできるかもしれないわ）

一度にいくつものことを片付けることはできない。ひとつずつ障害を取り除く。順序立てて進んでゆく、物語のように。

魔物の相手をしながら姫にキスをすることはできない。キスは魔物を倒した後である。人の気配はない。――今ならば安全に移動できるはず。

「私たちがトロッコに乗らないのは、どうして？」

車輪と線路の摩擦《まさつ》で火花が散れば、ガスに引火し爆発を引き起こしかねない。先んじてトロッコを封じておいたのはその危険性を考慮したためでもある。だが、ガスのことはイザベラには話していなかった。余計おびえさせてしまうからだ。

「危険だからですわ、イザベラさま。自分の居場所を知らせるようなものですもの」

大きな音をたてて移動することは的《まと》になるようなものだ。暗闇の中で聴覚は大きな情報となりえてしまう。男たちの仲間がまだ隠れていないという保証はない。

「さあ、まいりましょう。万が一外が明るければ、イザベラさまだけでも進んでくださいませ」

クローディアはふと息を止めた。

線路の向こうから、誰かが歩いてくる。

その足取りはあまりにも堂々としていた。明かりが灯《とも》ったのかと、錯覚するほどに。

迷いがない。障害物や敵をおそれないのだろうか。マントをひるがえし、強く地面を踏みしめるその人は――。

――アルバート陛下。

クローディアが言葉を呑みこんでしまったので、イザベラは不安そうに彼女の手を握った。

「クローディア。どうしたというの。男たちがやってきたの……?」

「母上」

アルバートは目を閉じていた。視覚を捨て、音や匂いに集中するためだろう。

「迎えにまいりました。不届き者たちは全員捕らえてあります」

「その声……アルバートなの……?」

「おや、俺の声がわかりますか。きちんと回復されたようでなによりです。この状況は少しも『なにより』ではないが」

王杖《おうじょう》ウィルも、アルバートの背について、あたりを警戒している。

誰もが不安になって当然のこの場所で、ふたりはまるで昼の太陽の下に身を置いているかのようだった。

「ウィル、母上を外へ。なにか目隠しをしてやってくれ。突然外の明るさに晒《さら》されれば、目が潰《つぶ》れてしまうかもしれない」

「かしこまりました」

「さて」

王杖に母親を預けてしまうと、アルバートは手をさまよわせた。クローディアはその手をとらなかった。

「意地が悪いな」

アルバートは軽く笑う。

「本当はわたくしがどこにいるのかわかっていらっしゃるのでしょう」

「ああ。修道服の衣擦《きぬず》れの音でな。気をつけろ、それだけでも発火の原因となる」

クローディアはくちびるをかんだ。火花にさえ気を配ればよいと思っていたが、そのようなささいなことがガス爆発の危険をはらんでいるとは、考えが及ばなかったのだ。

「申し訳ございません。知らずに王太后さまをあちこち連れ回してしまいました」

「女ひとりで男を四人、罠にはめるか。お前を攫った連中も運がない。お前たちを捜すよりも自分が助かる方を優先したい様子だったよ」

男たちはすでに全員が捕らえられているという。クローディアはひとまず息をついた。

「よく耐えた。母上とお前だけで持久戦は無理だろうと思っていたが」

「身に余るお言葉です」

「助けが来ると信じていたか？」

「……いいえ」

申し訳ないが、アルバートがここに来てくれることを期待していたわけではなかった。捜索の手はまず村に及ぶと思っていたし、鉱山の近辺に人の出入りはない。たとえ周囲に捜索隊が散ったとしても、まずは鉱山の中よりも捜索しやすい廃村の方へと向かうだろうと。

「自分しか頼りになる者がいないと思っておりました。ここを探し当てた陛下はさすがの直感力でございます」

「己を頼りにすることができてよかったな」

――それは、本当に。

今までのクローディアだったら途方に暮れていただけかもしれない。人間、追い詰められればいくらでも覚悟を決めることができるものなのだ。

「強さとは、己を信じる心から生まれるものだ。俺は生まれてこのかた自身を疑ったことなど一度もない」

まぶしいまでの自信。

それが、この王が長年誇ってきた強さなのかもしれない。

アルバートが腕を差し出す。クローディアはどうするべきか迷っていた。

「お前はこの坑道の中が見えるのだろう。王を外へ連れ出すこともしてくれないのか」

「わたくしがいなくとも、ここまでいらっしゃれたではありませんか」

「ああ。おそろしくて震えていたよ。なにせここまで、あちこちが何者かによって破壊されているんだからな」

破壊したのがわたくしだとわかっての言葉だわ、きっと……。

クローディアは仕方なくアルバートの腕をとった。

ほっとした。心は限界まで張り詰めている。なにもかもを手放して、この手にすがってしまいたかった。けれどクローディアは耐えた。

ここまできて、みずからを役立たずにしたくなかったのだ。

暗闇だから、自分の表情を見られずに済むから、虚勢を張っていられた。

アルバートは改まったように言った。

「母を守り抜いてくれたこと、礼を言おう」

「もったいないお言葉でございます」

「それでは、この話は終《しま》いだ。あとは聞きたいことが山ほどあるのだが」

「なんでしょう」

「なぜ俺の手紙に返事を出さなかった？」

「今そのようなご質問ですか？」

クローディアは気の抜けたような声をあげた。

イザベラ誘拐にまつわるたくらみについて、明らかにする方が先ではないか？

「犯人については後で正式な調査が入る。これは非公式な質問だ。なぜ手紙を書かなかった？」

「……陛下はわたくしの手紙など必要としていらっしゃらないと思ったからですわ」

「ほう。では贈り物のいっさいを手元に置かなかったのは？」

「シスターは私的な財産は持てませんの」

「シスターをやめろと言ったら？」

クローディアは立ち止まった。アルバートは目を開ける。

暗い緑の瞳。その威圧的な光を、今はクローディアだけが見ることができる。

「弱そうに見えて、おそれを知らないな。クローディア・エドモンズ。お前は一介のシスターにしておくには、いささかもったいないのではないか」

「買いかぶりすぎでございます。それにおそれは、わたくしのもっとも身近にある感情ですわ」

シスターをやめて、いったいなにになれと言うのか。

イザベラの侍女《じじょ》……。そのひとりか。

イザベラは侍女に不自由するような身分の女性ではない。物語の読み聞かせなど、誰にでもできるのである。

どんなに無礼でも、クローディアはこのままアルバートの腕を振りほどいてしまおうかと思った。だが彼はそれを見透かしたように、あいたほうの手でクローディアの腕をおさえている。

「他の女であったなら、母上と共にこの坑内で力尽きていただろう」

「他の方のほうがうまくやれたかもしれませんわ」

「そのような女はトリスくらいのものだ」

トリス……ベアトリス女王陛下ね。

クローディアはアルバートの顔を盗み見る。

彼はクローディアの方を見ていた。彼女の表情がわかるはずもないのに、ほほえんでいる。クローディアは思わず目をそらした。

「トリスも以前、こうして鉱山で賊を片付けたことがあった。坑内に罠を張って、盗掘者《とうくつしゃ》を一網打尽《いちもうだじん》だ」

「それは、すばらしい才覚でいらっしゃいますわ」

わたくしとは大違いね――。クローディアは思う。ベアトリスなら、このように時間をかけずともイザベラを助け出してみせたのだろう。無駄に彼女を危険に晒《さら》したかもしれないと思うと、胸が痛む。

イザベラはけしてクローディアを責めなかったが、ガスが充満して危険な坑内を長時間にわたり歩かせたのは、危険な行いとしか言いようがなかった。

「しかし、トリスであっても母上をあのように落ち着かせることはできなかっただろう」

「イザベラさまが落ち着いていらっしゃったのは、イザベラさまご自身の精神の強さによるもので――」

「あの母上の精神はけして強くない。だからこそエルデール治療院に放りこんだのだ」

王は足を止めた。

「お前が母上を強くした」

「アルバート陛下」

「お前が、母上にもう一度『守るべきもの』があると思い出させた」

大丈夫ですからね――。

イザベラの優しい声音を思い出す。

クローディアが男に襲いかかり、人としての道を外れた行いにおののいていたとき、イザベラは慈愛に満ちた声音でそう呼びかけたのだ。

イザベラは、守るものがあったほうが強くなれる人間なのだ。だからこそ末っ子のサミュエルの成長を受け入れることができなかった。

外が近づいてきた。まぶしい光が坑道に射しこんでいる。

立ちすくむクローディアを、アルバートは抱き上げた。

「……陛下……！」

己のマントをクローディアにかぶせ、アルバートはずんずんと進む。

「おろしてくださいませ。重たいでしょう」

「ちっとも」

「それに四日もこのような場所で過ごして、あの……匂いが……」

「嗅《か》いでたしかめてほしいのか？」

「まさか！」

抵抗したいが、まぶしくてそれが叶《かな》わない。太陽を避けるようにして思わずアルバートの胸に顔をうずめると、彼は満足そうに言った。

「迎えに行ったのが昼でよかった。夜ならば逃げられていただろうからな」

「お戯《たわむ》れを」

「まあ、わざわざ朝まで待ったのは別に理由があったからなのだが」

アルバートは言葉を切った。

「今回の事件について、事情を伺《うかが》わなくてはならない。お前は修道院へは帰れない」

「え」

光と共に、歓声が出迎えた。

修道院へは帰れない――。

クローディアには、アルバートのマントの上からさらに青の陣営の軍旗がかぶせられた。太陽の光は、柔らかな布がさえぎってくれた。アルバートは彼女を馬に乗せると、有無《うむ》を言わさずに走りだしてしまった。

作られた暗闇の中、クローディアは一生懸命に考えようとした。だが王の腕に抱かれた安心感が、彼女から思考を奪っていった。

アルバートにしがみつきながら、クローディアは四日にわたる疲労と混乱のなか、意識を手放さないようにすることだけに注力していなければならなかった。

＊

イザベラ王太后さま、急に王宮にお帰りになられたとかで、どうしたのかしら。

治療院の居心地が悪かったのではなくて？

いいえ、たいそうお元気になられたそうよ。山の空気が王太后さまに合っていたとか聞くけれど。

ではなぜ急なお帰りでいらっしゃるの？

それよりも、みなさん聞いた？　アルバート陛下がご令嬢をおひとり連れ帰られたそうなの――。


カーテンは閉め切られている。

わずかな光も入らないように、しっかりと目張りをされて。

あちこち怪我をしていたクローディアは、まず医師たちに取り囲まれた。男たちに殴られた顔の腫《は》れはもう引いていたが、階段やトロッコを壊したさいに両手を傷つけていたし、いつのまにか靴を失っていたので足の裏もひどく切っていた。他にもあちこち生傷だらけで、そしてあまりの疲れによって、熱を出して寝こんだ。

体が回復すると、女官たちがクローディアの修道服やフードをとり上げて、色あざやかなドレスを何着も置いていった。レースにシフォン、リボンや宝石の数々に目がくらみそうになる。もちろん感動のあまりというわけではなく、困惑《こんわく》のあまりなのだが。

襟《えり》ぐりの大きくひらいたドレスなど、袖《そで》を通したためしがない。こんなに上等なものを着こんで、いったいどこで披露《ひろう》するというのだろう。そんな機会が永遠に訪れないことを祈るばかりである。

「晩餐《ばんさん》会ならばご出席できるかと、アルバート陛下がおたずねでございます」

あるとき、ウィル・ガーディナー公がやってきて、クローディアにそう聞いてきた。

クローディアは頑として部屋を出なかった。瞳が衆目《しゅうもく》に晒されることも、フードがないこともおそろしかったのだ。

いくら鉱山での脱出劇が彼女を変えたとはいえ、クローディアが人の目を苦手としているのは変わらなかった。

クローディアはぼそぼそとたずねる。

「調査が終わったら、修道院へ帰れるはずでは……？」

「調査は終わっていません」

にべもなく言われ、彼女は当惑した。

「調査が終わっていないのに、舞踏会や夜会に出席しなければならないのですか？」

「そうです」

それが当たり前だがなにか、と言わんばかりである。

「夜回り係でありながら、むざむざとイザベラさまを攫われてしまったわたくしにも責任がございます。調査が終わるまでは、もちろんご協力させていただきますわ。ですが華やかな会への出席は遠慮させていただきたいのです」

「しかし陛下はクローディアさまをお待ちでいらっしゃいます。……毎夜」

そうなのだ。毎夜のごとく、にぎやかな会への誘いがあるのだ。

出られるはずがない。夜ならば目に障らぬので問題なしというわけにはいかない。奇異な瞳を持つ身では、人前に出ることも躊躇《ちゅうちょ》するのである。

「わたくしの修道服を返してくださいませんか」

「無理です」

「では、せめて父をここへ呼んでください」

クローディアの父は、青の陣営の軍師である。父に連絡がつけば、修道服くらいは用意してくれるかもしれない。

「お父君に、あなたのことは伏せております」

「なぜ？」

「エドモンズ家があなたを表に出してこなかったからです。お父君はあなたが王宮にいることを知れば、また修道院へ戻そうとするでしょう」

父はクローディアの性格をよくわかっている。アルバートの相手をつとめるなど、娘には荷が重いと考えているだろう。よけいな恥をかいて笑いものになる前に、修道院へ返してしまったほうがクローディアのためだと思っているかもしれない。

「では、わたくしは家にも修道院にも帰れないということ？」

ウィルは気の毒そうに言う。

「あの人に目をつけられたのが運の尽きでした」

自分の主《あるじ》に対して、とんだ言いぐさである。

クローディアはクローゼットの中にあった一番地味なドレスを着て、化粧もせず、暗闇の中、日がな一日部屋の隅で縮こまっている。軍人たちからの聞き取り調査には応対しているが、それ以外は物語を口ずさむのみである。

彼女の様子を見て、ウィルは仕方がなさそうに言った。

「それでは、次の晩餐会ではイザベラ王太后さまがいらっしゃいますので」

「王太后さまがクローディアさまとの同席を望まれているということにいたしましょう」

「それでは、って……」

「いたしましょう、って……」

「それでも出席なさいませんか？」

イザベラの名を出されると弱い。クローディアは首を振った。

「あなたの作り話でしょう」

「いいえ。陛下の作り話です」

作り話であることは否定しないらしい。ならばもっと上手に嘘をついてもらいたい。

「アルバート陛下が『クローディアが今回も晩餐会に出席しないようなら母上をエサに釣ってこい』とおっしゃられたので……」

正直すぎて、頭を抱えたくなる。

わたくしも……もう知らぬふりはできないのかもしれないわ。

廃坑を二人で歩いたあの日。アルバートの瞳には、明確な意志が宿っていた。

彼はクローディアを欲《ほっ》している。以前会ったときとは比べものにならないほどの、強い意志を感じた。

もしかしたら自分の人生は大きく変わっていこうとしているのかもしれない。

だからこそクローディアは躊躇しているのである。

「イザベラさままで巻きこまれるなんて」

「アルバート陛下は有言実行の方ですので、無理矢理にでもイザベラ王太后を晩餐会の席に座らせるでしょう」

クローディアは目を伏せる。

「その会をイザベラさまがお喜びになるのならよろしいですが……」

「別に喜ばないと思います。アルバート陛下とイザベラ王太后は基本的にそりが合わないので」

ならば余計にそのような晩餐会はひらかない方が良いというものだろう。

「……他の方もいらっしゃるのでしょう、気が進みませんわ」

「では、陛下と俺と王太后さまの四人でならいかがですか？」

それはそれで気詰まりしそうである。

だが、あまりかたくなに断り続けては、父の立場に差し障りがあるだろうか。

父と連絡を取りたい。誰かに相談したい。この状況を冷静に判断してくれる人なら誰でも構わない。

「アルバート陛下ではお気に召さないと」

「まさか！　そのようなことは」

クローディアがあわてて首を横に振ると、ウィルはうなずいた。

「ではそういうことで。晩餐会を楽しみにしております」

「え、待って！」

ウィルはくるりと背を向けて去ってしまう。やられた。

かわるがわる女官たちがなだれこんできて、ドレスやアクセサリーを並べ始める。

クローディアは自分の失言を後悔した。

なにが「一介のシスターにしておくのは惜しい」ものか。このように手もなく言葉尻をとらえられて、先が思いやられる。

遠い修道院に想いを馳《は》せ、クローディアは深くため息をついた。

むざむざと青の陣営に捕らえられた仲間たち。

＊

ギネスは、連行される彼らを見送った。村人にまぎれ、王太后の救出劇を見守った。

これは足切りだった。ジュストは裏切りと無能をけして許さなかった。

今回の作戦に選ばれた男たちは、ジュストから最後通告をされた者である。

「よろしいのですか。彼らから情報が漏れるかもしれない……」

「彼らが持ちえている程度の情報から、我々までたどりつけはしません」

ジュストはそう言うと、拍手をしてみせた。イザベラが生還したのだ。顔に笑みを貼りつけたまま、彼はぽつりと言う。

「悪運の強い」

ギネスはぞっとした。彼はイザベラを交渉の材料にしようとは思っていなかった。最初から殺すつもりだったのだ。組織の中の不要な人物と共に、ガスの充満した廃鉱山に置き去りにした。

苦しめて、いたぶって、絶望の中、むごい死に方で人生を終わらせる。

ガス漏れした鉱山に火を投げこんだりはしない。いつ爆炎が己を包むか、その恐怖にさいなまれながら、少しずつ死に近づいてゆく——そんな地獄を味わわせるために。

「……ガスについては、いつからご存じで……」

「あの山を手に入れたとき。だがすでに記録上は別の人物のものです」

充満したガスを逃がすには莫大《ばくだい》な資金を投じる必要がある。山の持ち主はその資金を捻《ねん》出《しゅつ》することができず、やむをえずあの場所を立ち入り禁止とするほかなかった。ただ所有地にかけられる税金を払い続けるだけの負の遺産と化していたのである。

ジュストは数ある名義のうちのひとつで、廃鉱山を購入した。ガス漏れについてはもちろん聞き及んでいたが、あえて放っておいたのである。

彼はイルバス中のあらゆる土地建物を、偽《にせ》の身分で買い取っていた。いつどこででも、のろしを上げられるように。

山火事のひとつでも起こしてやることは簡単だが、田舎《いなか》の寂《さび》れた村や修道院が燃えたところで、ベルトラム王家に打撃を与えることはできないだろう。シオン山脈で青の陣営が軍事訓練でも行うときが来るかもしれないと待っていたが、現れたのはイザベラ王太后だった。

ベルトラムの三人の国王たちの母親。役者としてこれ以上うってつけな人物はいなかった。

「あの鉱山はこれからどうするつもりで?」

「おそらくアルバートは鉱山や周囲の廃村の持ち主を必死になって捜すはずです。しばしその対応に時間を割かせておきましょう。買い取った人物が不審死したことにすれば謎が謎を呼び、陰謀説を流布《るふ》させることができる」

不穏な影の正体をあきらかにしようと躍起《やっき》になっている間、別のことには目を向けられなくなる。

「不審死、って……」

物騒な言葉に、ギネスは口をわななかせる。

「死体などいくらでも用意できるのですよ」

品揃えの豊富さを誇る商人のように、ジュストは笑ってみせた。

「ベルトラム王家の共同統治はいびつだが、ひとりの王を攻撃している間に他の王が動いてしまうのが難点だ。小さな火種をあちこちでいくつも起こして隙《すき》をつく他ないのですよ。今回でまずはひとつの小火《ぼや》があがっただけ」

「それにしても、仲間が捕まっては我らが不利になるのでは……」

「彼らは仲間とは呼べません。普段の行いがあまりにもお粗末で扱いかねていたのです。彼らにはわざと間違った組織の情報を吹きこんでおきました。うまく吐き出してくれるといいのですが……王太后誘拐の罪は重いでしょうから、少しでも量刑を軽くしてもらおうとすらすら吐いて、混乱の種をまいてくれるでしょう」

「これからどうされるのです」

「アルバートは国内を警戒するはずです。不穏分子をあぶり出すために神経をそそぎこむ。そうすれば、諸外国へ向ける意識はおのずと手薄になる」

杖をつき、ジュストは鉱山に背を向ける。ギネスはあわてて彼の背中についた。

「……ギネス殿。あなたは非常に優秀な方だ。私の期待を裏切らないと信じていますよ」

「……はい」

ギネスはおそるおそるといった具合で返事をした。ジュストは冷淡なのではない。残忍なのだ。しかし今さら逃げ出すことはできない。彼はもう、知り過ぎている。

これは警告である。警告しなければならないほどの、大きな仕事をギネスに任せようとしているのだ。

「殿下は、これからどうされるのですか？」

「少しの間、この村の近くに潜伏させてもらいます。たしかめたいことがあるので」

二度目の歓声が上がる。ジュストは振り返る。

国王アルバートが、腕の中に事件の立役者を抱いている。彼女の顔は隠されているが、身なりからしてシスターだとはすぐにわかる。王太后を最後まで励まし、守り抜いた聖女。よくできた筋書きだ。シスターには、すぐに軍旗がかぶせられた。

これでまたアルバートは支持を集めることができる。救出したのが修道女とあっては、教会側もこれを利用するだろう。そしてそれをアルバートも利用する。娘の方はそこまで考えてはいないだろうが、アルバートは計算ずくだ。荒っぽいやり方を好むアルバートはなにかと教会とは折り合いが悪い。歩み寄りの良い機会だ。

「あの娘はただものではない」

「……と申しますと」

「あの娘がいなければ、イザベラは死ぬはずだった。そして闇を恐れないということは、使いようによってはとてつもない武器になる」

そして国王アルバートは彼女に夢中である。

太陽を別世界へ追い出してしまうことができるのは、暗闇に浮かび上がる月だけだ。

「……では、ギネス殿。段取り通り、よろしくお願いいたします。身分を失ったあなたならいくらでも動けるでしょう。赤の女王の耳には気をつけて。国中に間諜《かんちょう》が散らばっております」

ジュストは王冠に固執している。

とりわけ、自分が座ることができるはずだった玉座《ぎょくざ》の色は「赤」であったと疑っていない。

彼の母親は鮮烈な赤の王女であった。あまりにも苛烈《かれつ》に激しく燃えさかったので、その火はすぐさま消されてしまったのだ。

＊

結局、クローディアは晩餐会の席にいた。

席についたのはアルバート国王と王杖のウィル・ガーディナー、そしてイザベラ王太后とクローディアである。

テーブルにはごちそうを載せた皿が次々と運ばれ、食が細いイザベラはそれを見てげんなりと目を細めている。

（やっぱり、イザベラ王太后さまも無理矢理ここへ連れ出されたのだわ……）

そもそも美食に楽しみを見いだせる人ならば、エルデール修道院へやってくるほど心を病《や》んだりはしなかったであろう。

アルバートはクローディアに自分の隣へ座るように指示した。

「そちらはガーディナー公の席では……」

「なに。席順が法律で決められているわけでもないさ」

アルバートは、クローディアの姿を見るなり顔をしかめる。

「もっといいドレスを用意したつもりだったがな」

「じゅうぶん上等なものをお借りいたしましたわ」

あらためて、アルバートの美貌は迫力がある。クローディアが彼に接することができていたのは、修道服を着ていたからなのだ。修道女という記号を失ってしまうと、心許《こころもと》なくて仕方がない。

「借りる？　あの部屋に用意したものはすべてお前のものだ」

「シ……シスターには分不相応なものでございます」

「言っただろう。お前は修道院には帰らない。今俺の部下が修道院長に話をつけに行っている」

「え……？」

クローディアは我が耳を疑った。

「クローディア・エドモンズ、今日からお前の住まいはこの王宮だ」

「陛下……なにをおっしゃっているのか……」

「聞こえなかったのか？　耳は悪くないんだろう。そもそも目も悪いわけでもない」

アルバートは、クローディアの両目をにらみつけるようにして言った。

「はっきり言わせてもらおう。お前を王妃にしたい」

「……」

「本来ならばもう少し気のきいた場所で言いたかったところだが、お前がなかなか部屋から出てこない、調査以外のすべての面会を拒否するとあって、こうなってしまった。まあ望むなら祝宴の席は華やかに――」

「陛下、お待ちくださいませ」

王妃……。王妃と言ったのか、このお方は。

（わたくしの想像する王妃と同じ王妃で合っているのかしら）

イザベラの顔を見る。彼女もかつては王妃と言われていた。イザベラは事前に知らされていたのか、たいして驚いた様子もない。

「どういうことなのか、よく……」

アルバートは辛抱《しんぼう》強く言った。

「俺はお前を王妃にするつもりだ。わかったか？」

今までアルバートから、このように直接的に気持ちを伝えられたことはなかった。エヴァがいくら期待を持とうが、両親がアルバートからなにを聞かされようが、そのようなはずはないと否定してきた。

王宮へ来てほしいという彼の再三の願いも、畏《おそ》れ多くも世話係としての仕事ぶりを認められたからだと思っていたし、アルバートからもし打診《だしん》があるのだとしたら……イザベラの側仕《そばづか》えにならないかという話だと思っていたのである。

落ち着いて、わたくし。

きっとアルバート陛下はワインを過ごしていらっしゃるだけよ。きちんと真意をたしかめなくては。

「よくお考えくださいませ。目のことも、力が強すぎることも、王妃にふさわしくないことばかりですわ」

「なにがふさわしいかは俺が決める。俺の意志はイルバスの意志。俺に望まれるとはそういうことだ。お前はイルバスのために人生を捧げることになるのだ。ほどよく諦めろ」

「わたくしは、てっきり王宮でイザベラさまのお世話係を続けてもよいというお話かと……」

　事件があった以上、イザベラはエルデール修道院には戻れない。そうなると彼女の回復具合からして、エルデール修道院の世話係をしばらく王宮に置いた方がよいと思うのは、自然な流れだ。

「にぶいやつだな。さんざん俺からの手紙を受け取っておいて、『世話係がんばります』で済むはずがあるまい」

「お、王妃などなれるわけがありませんわ。ふさわしい教育を受けておりませんもの」

「これからいくらでも学べる」

「わたくしはもう二十歳《はたち》を過ぎておりますのよ」

「俺は二十五を過ぎている。妹ほど頭でっかちではないが、これからいくらでも新しい分野を学ぶつもりだ。――それだけか?」

アルバートは、クローディアをじっと見つめる。

「お前の言いたいことは」

クローディアは、手にしていたフォークを握りしめた。

手のひらにはじっとりと汗をかいている。

……このままでは、流されてしまうわ。

フォークがくしゃりとひしゃげる。その様子に、ウィルが目を見張った。

「王妃の件ですが、お断りします」

自身でもおどろくほど、サッパリとした声音であった。

アルバートは目を見開いた。

今しがた、クローディアが口にした言葉の意味を、彼は理解できていないらしい。

「女はみんなそうやって、はじめはいやだと言うんだよ。自分の価値をつり上げるためにな」

「おそれながら、わたくしの価値はわたくしが決めます。陛下のお考えはわたくしには関係ありません」

しんと場が静まりかえる。

……言ってしまった。

畏《おそ》れ敬うべき太陽の王に、このような。

だがかまわない。もう出した言葉は引っこめることなどできないのだ。

あまりのことに、イザベラも息子とクローディアの顔を交互に見比べている。ウィルはこうなるとわかっていたのか静かに肉料理をたいらげ、おかわりを要求していた。

「クローディア嬢。次の皿を運ばせましょう。フォークも取り替えさせます」

「お気遣いありがとうございます。ですが今はお料理どころではありませんわ」

「それは残念。残りものは俺がいただきます」

ウィルは彼女にワインをお注ぎしろ、と給仕に命じ、アルバートにもクローディアにも、なんら肩入れしなかった。

「おい。主人の大事に食事に集中するな」

アルバートはイライラとしている。

「クローディア、よく考えてみろ。イルバス国王の王妃だぞ。国中の女がその立場をほしがっている。目のせいか？　それならば俺がどうにでもしてやる。なにも毎日のようにさんさんと照りつける太陽の下に出ろとは言っていない。ここはニカヤではないんだ」

「そのような問題ではございません。……アルバート陛下にはわたくしの困惑をきっと理解してはいただけないのでしょう。贅沢《ぜいたく》な環境を与え、名誉を与えることだけで、女はなにもかもが思い通りになると思っていらっしゃる」

「クローディア……」

イザベラが悲しそうな顔をする。彼女の前で、彼女の息子を侮辱《ぶじょく》するようなことを言いたくはない。だが言いなりになってしまっては、クローディアの人生はとんでもない方向へ舵《かじ》を切ってしまう。

「陛下、わたくしは――」

「お前は孤独だ、クローディア・エドモンズ」

クローディアの言葉をさえぎるようにして、アルバートは言った。

彼女は押し黙る。

――そう、わたくしはずっと孤独だった。

季節が巡るたびに、夜がおとずれるたびに、その孤独をかみしめていた。

本当におそろしいのは、暗闇でも、危険な山々でもない。わたくしの体の奥からわき上がる、とてつもない寂寥《せきりょう》感なのだと。

「お前はいつも言い訳をする。瞳がどうだ、昼間に外に出られないだ、そんな事情をぐちぐちと言い、俺を遠ざける。俺の求婚を断ったところで、お前になにが残る?」

「陛下、そのくらいにしてください」

ウィルが口をもごもごさせながら、王を止めに入る。食事の手を止める気はいっさいないらしい。

「クローディア嬢が混乱します」

「混乱しているのは俺の方だ」

アルバートはたずねる。

「他の男なら求婚を受けるのか？　そんなことはないはずだ。結局同じことだろう。はじめて会ったときよりは少しはましになったのかもしれないが、お前は自分の人生を生きる覚悟が決まってないいんだよ。シスターのままでいればなにも考えずに済むからな。修道院は良い逃げ場所だ。だがそれが永遠に続く保証などどこにもない。ここらで決断したらどうなんだ。お前には華々しい舞台が用意されているというのに」

「わたくしは……」

「俺にはお前が必要だ。なぜと聞かれれば答えよう。その瞳は俺が見えないものを見ることができる。そして、なによりも直感がお前だと告げているのだ。つまらない臆病風など吹かせるな、クローディア」

アルバートがクローディアの肩に触れ、栗色の髪をすくい上げた。

「俺の王妃となり、俺の子を産め」

ぞくりとした。クローディアは反射的に立ち上がった。

「近寄らないで」

「クローディア」

クローディアは震えている。混乱しているのか、怒っているのか、自分でもわからない。

怒っているとしたら、誰に対して怒っているのかがわからない。

この人はすべてを見透かしている。

アルバートの言葉が、ただ彼のひとりよがりな思いこみなら、鼻で笑って無視することができるのに。

クローディアはこれまで通りの生活を続けても後悔するかもしれないとわかっていながら、新しい世界に飛びこむことを誰よりもおそれているのだ。

アルバートの妻となり、この国の王妃となり、彼の子どもを産む。

このわたくしが?

国母《こくも》というのは、国を支える覚悟がある女がつとめるものである。ベアトリス女王も、おそらくサミュエルがこれから望むであろうアシュレイル女公爵《こうしゃく》も、その覚悟は持ち合わせているはずだ。

クローディアは、最近まで己のことすら支えることができなかった。イザベラがやってきて、ようやく変わろうと思えたのだ。

アルバートの計画は、クローディアにとってあまりにも想像のつかないことばかりだ。

(彼の言う通り、わたくしは臆病だわ)

だがなにをおそれるかくらいは、自分で選びたい。そう思えるようになったのだ。

「……わたくしは、必ず修道院へ帰ります。修道服がなくとも、お金がなくとも、馬がなくとも、この二本の足がありますもの」

「外の世界で生きたくはないのか」

アルバートは短くたずねた。

「本当に、ただの一度もそれを望んだことがないと？　未来におそれを抱いたことがないと言うのか？」

「陛下。わたくしが『わたくし以外の』なにを恐れるかは、自身が決めることですわ」

意地だった。自分にこんな意地があることを、はじめて知った。

思えば意地を張っていたから、本心をもてあまして、ひとりで迎えた春の夜に泣いていたのかもしれなかった。

「おい、待て」

クローディアはアルバートの制止を振り切って扉に手をかける。ドレスをまとい、高いヒールの靴を履《は》いているとは思えないほどのすばやさであった。彼女の逃げ足の速さを思い出したアルバートは、「クソが」と舌打ちをした。

彼女の後を追いかけようとしたアルバートだが、扉に手をかけた途端、取っ手がぽろりと床に落ちた。

クローディアが、折っていったのである。

「どれだけの怪力なんだ、あの女は‼」

「陛下の花嫁がだめなら、俺の部下にほしいくらいですね」

デザートをぱくつきながら、ウィルだけが落ち着き払っていた。

＊

……夜のお姫さまは、どうしたのかしら。

ふくろうやこうもりと、すてきなできごとを探しに散歩に出かけて、それから？

朝になればまた無力な少女に、立ちもどるのである。

クローディアはのそりと起き上がった。

女官の手伝いを断り、顔を洗い、髪をくしでとかした。

ドレスも靴もこれからの旅路のことを考えるとふさわしくないものだが、仕方がない。

アルバートは本気でクローディアを還俗《げんぞく》させようとしている。もはやあの修道院に籍はないかもしれない。

(お父さまに接触するのがいちばんだと思ったけれども、他の軍関係者に姿を見られたらこの部屋に連れ戻されるかもしれないものね……)

アルバートの求婚を断ったとあらば、父の立場がどうなるかもわからない。弟妹からは恨まれるだろうし、母は気絶するかもしれない。修道院に居場所がなくとも、実家に帰るという選択肢は消えている。そうしたら自分は、さすらいの旅人になるのだろうか。世間知らずの自分に、それが可能ならばの話だが。

クローディアはどうするべきか迷ったが、一度はエルデール修道院に戻ることにした。ガス漏《も》れの件で村人の避難が始まっているという。せめてその手伝いができればと思ったのだ。

アルバートは、修道院を逃げ場所だと言った。

そうなのかもしれない。けれどこのままなし崩し的にアルバートの妻になってしまう……のは、違う気がする。

（今後のことは、修道院へ着いてから考えればいいのだわ）

今日は曇りだと、女官が教えてくれた。

クローディアは黒布をかぶった。これがあればなんとか歩き続けることができるだろう。靴とドレスは、のちほど返送しよう。……そのころは長旅でだめになってしまっているとは思うけれど、持ち出したままでは気分が悪い。

「クローディアさま」

女官に声をかけられ、クローディアはびくりと肩を震わせた。

「イザベラ王太后《おうたいごう》さまがいらっしゃいました」

扉がひらき、クローディアは居住まいを正した。アルバートでなかったことにほっとする。

「王太后さま、昨晩は大変失礼をいたしました……」

「いいのよ。アルバートが強引すぎただけですもの」

イザベラが目配せをすると、侍女が進み出た。彼女がテーブルに置いたのは、クローディアの修道服とフードつきのローブ、そして靴であった。どれもきれいに手入れがされている。

「イザベラさま……」

「帰るのでしょう、修道院へ。昼間に出発することにしたのはあの子の目をくらませるためね」

「はい」

アルバートは、クローディアが行動に出るとしたら夜だろうと当たりをつけているはずだ。

暴言を吐いた自分を追いかけてなどこないかもしれないが、万一ということもある。

「それを着ていた方が旅は安全だわ。馬車も用意させました」

「あの……よろしいのですか……?」

「誤解しないでほしいのだけれど、あなたとアルバートの仲を引き裂くためにしているわけではないのよ」

イザベラはほほえんでいた。クローディアははっとした。この方は、いつの間にこんなふうに笑えるようになっていたのだろう。

「私は、もちろんあなたが本当の娘だったらどんなによいかと思っているわ。自分が産んだ娘とは仲良くなれなかったのだもの」

「イザベラさま……」

ベアトリス女王は、母親と不仲というわけでもないが、特別に仲が良いというわけでもない。どうも互いに苦手意識があるようである。

親子とて相性がある。クローディアも実の母親とは折り合いが悪い。ふしぎとイザベラに対するほど、親愛の情のようなものはわかないのである。

いや……親子だからこそ、うまくいかないのかもしれない。

親子関係には期待があるから。互いの気持ちに互いが応《こた》えてくれるであろうという、過《か》剰《じょう》な期待がつきまとう。

「サミュエルのことも……彼が選んだ王杖《おうじょう》のことも……受け入れるのにはまだ少し時間がかかりそうだわ」

王宮に戻ってきて、イザベラは失っていた現実を、少しずつ取り戻していかなくてはならなかった。

サミュエルが戴冠《たいかん》したこと。王杖に、エスメ・アシュレイルを選んだこと。

エスメは、イザベラから夢を奪った女である。サミュエルを永遠に子どものままにしておくという夢だ。

だがイザベラは手を回してエスメを追い出そうとしたり、サミュエルに泣きついて翻意《ほんい》をうながそうとはしていない。

「きっと……時が解決しますわ。サミュエル陛下がイザベラさまにとって大切な御子であることには変わりがないのですもの。サミュエル陛下にとっても、イザベラ王太后さまはたったひとりの大切なお母さまですから」

イザベラにとってもサミュエルにとっても心地よい距離というものがあるはずだ。それを見つけていくために、イザベラは大事な一歩をすでに踏み出している。

「あなたには辛《つら》くあたったこともあったわね。クローディア……あなたは私の間違いのすべてを、否定もせず肯定《こうてい》もしない、夜の月のようにただそばにいてくれるだけだった。それがいつしか心地よくなっていったのよ」

イザベラは、付け加えるようにして言った。

「私はずっと星を見ていたの。長いこと、星の運命を変えることにやっきになっていた。だから星が見えなくなったとき、夜がおそろしくなった。私はずっと、サミュエルを手放したくなかった。自分の鳥籠《とりかご》に閉じこめて、一生彼を解き放つつもりはなかったわ。今でもあの子のことが心配でたまらない。でもようやくそういうものだと思えるようになったの。あなたと出会ってから」

「イザベラさま」

「……月は形を変えても、本質は変わらないからだわ。それはあなたが教えてくれたことよ」

クローディアは、その言葉をもらえただけで十分だと思った。

ベルトラム王家の人々は、隠者のような自分を必要だと言ってくれた。

──わたくしは、そのことがとても怖かった。

望んでいたはずなのに、いざそうなってみると、足がすくんだ。

月の姿は日ごとに姿を変える。欠けた月でも満足してくれるかどうか、確信が持てなくて。

臆病で孤独な自分の、さらにその奥を、イザベラは見ていてくれた。きっとアルバートもその姿に気がついてくれていたのかもしれない。

「ありがたくご厚意を頂戴《ちょうだい》いたします、イザベラさま」

「手紙をちょうだいね」

「必ず」

このまま、アルバート陛下と顔を合わせずに去ってもいいのだろうか。

クローディアはみずからにたずねた。

これほど自分を望んでくれた人はいなかった。なにも話さずとも、彼は恐怖をくみとっていた。クローディア自身よりもよほど的確に。

彼はおどろくほど尊大で、強引で、無神経だ。けれど憎らしくはない。

あれほどおそろしかった、ぎらぎらとした暗い緑の瞳に、いつのまにか惹《ひ》きつけられている。

──わからない。

人の心など簡単にうつり変わる。その日ごとに、いくらでも前向きにも後ろ向きにもなれる。春の陽射しのようにあたたかな心持ちの日もあれば、魔が差したように死に近づいたりもする。

わたくしの心をここまで揺さぶることができたのは、アルバート陛下だけだった。

「そう。アルバートの目をくらますつもりなら、まっすぐ修道院へ戻るのはおやめなさい。御者《ぎょしゃ》には指示をしておきました。遠回りですが、せっかくの機会なのです。修道院の外を少し見てから帰るといいわ」

「イザベラさま、でもわたくしは……」

「シオン山脈にはそんな場所はないけれど、夜でもにぎやかな町はたくさんあるのよ、クローディア。わたくしの子どもたちが治める国を、少し見てから帰ってちょうだい」

……アルバート陛下が、治めている国。

ベアトリス陛下や、サミュエル陛下が、護《まも》っている国。

わたくしは閉じこもってばかりでその全容を知らない。

イザベラが去ってしまうと、クローディアは修道服に袖を通した。

馬車が待っている。彼女はフードをかぶり、その瞳を隠した。

＊

クローディア・エドモンズが出ていった。

その知らせがもたらされたとき、アルバートはうなり声をあげた。

「いつのことだ」

「おととい の昼のことです」

「なぜ俺に伝えなかった」

「王太后さまに、口止めされておりまして……」

アルバートの怒りように、女官たちは震えている。

この前は悪かった。王宮の庭園に特別にテーブルと椅子をしつらえた。真夜中の茶会といこうではないか——。

そう伝えるためにクローディアの部屋をたずねたのだが、もぬけのからだったのである。

先日のクローディアは興奮していたようなので、少し時間をおいた方がいいだろうと判断したのだ。それが間違いだった。

アルバートは怒りのあまりめまいがした。どうやってみずからの執務室に戻ってきたのか記憶が定かではないが、とりあえず今はこうして、書類の山に埋もれた己の王杖と顔を合わせているのである。

「陛下、徘徊《はいかい》もそろそろいい加減にしていただかないと、サミュエル陛下に決裁をせっつかれているのですが――」

アルバートのただならぬ様子を見てとって、ウィルはうなずいた。

「それどころじゃなさそうですね」

「ああ、それどころじゃない」

「クローディア嬢が出ていったんですか」

「なぜわかる」

「先日お会いしたとき、クローディア嬢ご本人がそう言っていたじゃないですか」

「まさか本気とは思わなかった」

ここまで、この自分を袖《そで》にする女がいるとは。

信じがたい。前代未聞《みもん》だ。

女などみんな同じだと思っていた。撤回する。クローディアは自分のことを信じられないくらいに振り回す。

「なぜだ。トリスさえ、俺の提案を却下したとしても、口先だけではもう少し優しい御託《ごたく》を並べるぞ」

「口先だけじゃないですか」

いらいらと歩き回る王をながめて、ウィルの瞳は左右している。

「陛下はなんでもずけずけと言い過ぎなのです。自信過剰もたいがいになさらないと」

「お前にだけは言われたくはない」

彼女はなぜ自分を拒絶するのだろう。

アルバートにはさっぱりわからなかった。

「王妃になる自信がないというのなら、これからふさわしい教育係をつけさせる。昼間に出歩けないというのなら、サミュエルと分担して公務を工夫するし、無理にでも俺の付き添いをさせようとは思っていない。サロンの運営は母上とふたりでやればいいじゃないか。言ってはなんだが、母上は実の子どもよりクローディアに心を許している」

「陛下からそのような殊勝《しゅしょう》なお言葉が出るとは、感激いたしました」

ちっとも感激してそうに見えない棒読み具合で、ウィルはそう言った。

「俺は思うのですが、問題があるなら解決すればいいじゃないか、という簡単な理屈ではないのではないですか？」

「俺は大抵の問題を解決できるし、それでいいと思っている」

「アルバート陛下はそうでしょうが……」

近づかないで。

クローディアにそう言われたときのことを思い出し、アルバートは立ち止まった。

あのときのクローディアの恐怖に満ちた表情を思い浮かべると、腹の底に重石《おもし》を詰められたような気持ちになる。

アルバートは子どものときから、傷つくことを知らなかったのだ。

家臣たちは自分のご機嫌を伺《うかが》ってきた。妹弟は、アルバートに一目《いちもく》を置いていた。

アルバートが追い出す者はいたとしても、彼を前にして逃げ出す者はいなかった。

「まさか俺は今、傷ついているのか？」

「そのようですね」

「この俺が？」

ウィルはうなずいてみせた。

「陛下の他にいったい誰が傷つきようがあるというのですか、今回の件で」

「追いかけた方がいいのか、そうしない方がいいのかすらわからない」

アルバートは焦《あせ》った。どうすることが正解なのかがわからず、こうして手をこまねいているだけなんて。

「陛下に『追いかけない』選択肢が生まれたんですか。歴史的瞬間ですね」

「ブチのめすぞ」

たしかに、今までのアルバートなら馬を駆り、すぐにでもクローディアを引っ攫《さら》ってきただろう。

あとは贅沢《ぜいたく》な部屋に閉じこめて一晩を共に過ごせば一挙解決、と考えて。

しかし、クローディアの「近づかないで」というたったひとことが、アルバートを臆病にさせているのである。

女の「嫌」だの「やめて」だのは言葉とは裏腹に、「もっと全力で来てほしい」という意味だと思っていた。

「俺の勘は間違っていたのか……？」

アルバートはみずからを疑い始めた。自分を信用できないとはこれほど心許ないことなのかと、生まれて初めて知った。

「間違っていないと思います。恋煩《わずら》いはそのあたりにしてもらって、決済をいただいてもよろしいでしょうか」

ウィルはあきれるばかりで本気で相手になどしていない。

「お前、主人の前代未聞《みもん》の悩みに、どうしてそうスカしていられるんだ」

「俺のことじゃないからですよ」

「正直すぎるクソ野郎だ、お前は」

ウィルは書類仕事を片付け始めた。この王に任せているとこういった雑務がなかなか進まないと思っているのだろう。

ペンを動かしながら、彼はたんたんと続ける。

「陛下がこんなところでウンウン悩んだからといって、クローディア嬢の心が手に入るわけではありません。こういったことは最終的に、落ち着くべきところに落ち着くでしょう」

「達観したじじいのようなことを言うな。……俺はどうすればいい？」

ウィルは書類から顔を上げ、目を丸くした。

アルバートが困惑《こんわく》に眉を下げるところなど、この王杖は初めて目にしたのである。

「……陛下の思うようになさったらいいと思いますよ」

「それでは、緊急事態だ。国璽《こくじ》はお前が代わりに押しておけ」

「陛下。忘れ物です」

彼はアルバートの机を羽根ペンの先で指した。

「先日頼まれていたものです。今日仕上がりました」

「間に合ったか」

まさに天のたすけだ。

アルバートは小箱をつかみ取ると、執務室を出ていった。

＊

馬車はゆっくりと進んでいた。クローディアのために窓には黒いカーテンがかかっている。

クローディアはまどろみながら過ごした。

もうすぐふもとの村にたどりつく。マザー・アリシアには先に手紙を出した。彼女はクローディアを待っていてくれるだろうか。

……また、ここに戻ってきてしまったわね。

でも、今までとは少しだけ心持ちが違っている。

イザベラのすすめ通り、クローディアは少し遠回りをして、イルバスの町々を見て回った。夜闇の中、人々はさんざめいて、クローディアの姿を気にする者はいなかった。

明かりを灯《とも》した家々から聞こえてくる、子どもたちの笑い声。仕事を終えて帰宅する男たちの晴れやかな笑顔。喧噪《けんそう》に包まれた酒場や、夢見心地なひとびとを吐き出していた夜間劇場。

彼らが力強く生活している様子が、クローディアには新鮮だった。彼女にとって「夜」

とは孤独であり、寂《さび》しさをかみしめるものだと思っていたから。

このような夜もある——それは、アルバートたち三人の国王が、平和なイルバスを護るために尽力《じんりょく》してきたから。

わたくしは世の中を知らなすぎる。恐怖も喜びも、すべてに対して無知のままだ。知らないことばかりではおそれて当然。自分になにができるのかも、わからないのだから。

「こちらで結構ですわ。あとは歩いていけます」

「山道はずいぶん暗くなっておりますが。修道院までお送りしますか？」

「かえってそのほうが好都合というもの。イザベラさまによろしくお伝えくださいませ」

クローディアは御者に別れを告げた。フードを深くかぶると、彼女は険しい山道を進んだ。

くろぐろとした波のような森。ごつごつとした灰色の岩肌。

「……もう何年ぶりかのように感じるわ」

おそろしさはない。ただ、この暗闇が懐《なつ》かしくなるだけ。

そのはずであったのに。

「なぜかしら……」

クローディアは涙をこぼしていた。ひとつ、ふたつ、しずくが落ちて、小石の隙間《すきま》に吸いこまれていった。

今さら、こんな、子どものような。

自分の無知さと無力さをかみしめて泣くなど。

この無力なわたくしが、この国のためにいったいなにができるというのだろう。王妃というのはただ子どもを産めば良いというわけではない。王たちを支え、国民のために尽くせる器《うつわ》がなくてはならない。

田舎の修道女に、それができるとでも？

素直にアルバートの手をとることができない、未熟な自分がなさけないのだ。

一歩足を進めるごとに、アルバートの顔が脳裏にちらつく。

そうでなければ、遠路はるばる旅から戻って、もっと晴れやかな気持ちで、この道をたどっていいはずだわ。

クローディアは立ち止まった。

道の途中の切り株に、老人がひとり、座りこんでいる。

「大丈夫ですか」

このような夜更《よふ》けに。体調を崩して動けなくなっている間に、夜を迎えてしまったのだろうか。

老人はゆっくりと顔を上げた。人が好《よ》さそうな笑みを浮かべてみせる。

「もしや、シスターですか」

「はい。エルデール修道院の者です。シスター・クローディアと申します」

彼の足元には、火の消えたカンテラが置かれている。

長い間ここで過ごしていたらしい。

「すみませんなぁ。山を下りる途中で急に心臓が痛くなってしまって」

クローディアは、ふと言葉を呑みこんだ。

なんだろう、この胸騒ぎは。

老人の言葉や所作《しょさ》のひとつひとつに、どうしようもない違和感をおぼえる。

「シスター。どうかなさいましたか？」

「いいえ、なんでもありませんわ」

きっと、感情が高ぶっていたからだわ。

クローディアはみずからに言い聞かせる。

こんなに善良そうなご老人を警戒するだなんて、どうかしている。

「大丈夫ですか？　治療院にお医者様が残られているはずです。呼んできましょうか？

それに、早くこのあたりを離れた方がよろしいですわ。向こうの山でガス漏れがありましたの。ふもとの村人たちは避難しはじめていて……」

「いいや、ここで休んでいる間にだいぶよくなってきたのですよ。もうひとりで村まで戻れるでしょう。連れが宿屋で待っておりましてな。ご心配をおかけしました」

老人は立ち上がろうとしたが、クローディアはおしとどめた。

「無理はいけませんわ。わたくしが村まで付き添います」

「こんなに遅くに女性に山道を行き来させるのは気が進みません」

「ご安心を、わたくし夜は苦手ではありませんわ」

人と話したら気が紛《まぎ》れてきた。

クローディアはこぼれかけていた涙をぬぐう。

困っている人がいるのだ。感傷的な思いは、今は一度置いておこう。

「しかし、シスター・クローディア。カンテラもなしでよくこの道をのぼってこられましたな」

老人はカンテラに明かりを灯すため、マッチをこすった。

ぼうっと火がつき、あたりが照らされる。

彼ははじめてクローディアの瞳に気がついたようだった。

「不思議な瞳だ」

夜道であったので、油断していた。クローディアは前髪を左目にかけたが、老人はほほえんで言った。

「そのままで大丈夫ですよ。さて……ではお言葉に甘えてご一緒していただいてもよろしいでしょうか」

「喜んで。あなたのことは、わたくしが背負っていきましょう」

「いや、そこまでしていただくには及びません。本当に大丈夫ですから」

「わたくしこう見えて、結構力持ちなのですよ」

「いやいや……もうずいぶんよくなりましたから」

「では、わたくしに寄りかかってくださいませ」

クローディアは老人の腕を支えて、歩きだした。老人が転ばぬよう、慎重に坂道を下りてゆく。

老人はあらたまったように言った。

「私は世界各地を旅しておりましてな」

「巡礼の旅ですの？」

「そのようなものです。年を重ねると、やり残したことがいやに気になるものなのですよ」

彼は乾いた声で笑った。

「間《ま》が悪うございましたわ。ガス漏れさえなければすてきな山々の景色を楽しんでいただけたのに」

「またの機会にしましょう。このような老いぼれにその機会があるかはわかりませんが」

老人はしばし間を置いてから言った。

「……シスター・クローディア」

「なんでしょう」

「ぶしつけとは思いますが、お伺いしてもよろしいですかな。その瞳は生まれつきのものので？」

迷ったが、老人はクローディアの瞳を不気味に思っているようには見えない。正直に答えることにした。

「……そうですわ。金の瞳は、太陽の光を嫌います。そのかわり夜はよく見えるのです。わたくしがカンテラなしで歩けるのも、そういった事情からですわ」

「さぞかし苦労されたでしょう」

クローディアは肩をすくめる。

「もう慣れましたわ」

もし。

妹たちのように、両の瞳が紫色であったなら。

アルバート陛下の求婚を、素直に受けることができたのかしら。

普通の令嬢として育って――。もっと、世の中の多くのことを知れたかしら？

いや……もっと世間知らずだったかもしれないわ。

クローディアはふと、考える。

この瞳をしていたから、クローディアはシオン山脈へと誘《いざな》われた。山での暮らし、夜の闇、多くの本やイザベラとの出会い。鉱山に置き去りにされたことも……すべて金の瞳に起因するものだ。妹たちのように歌や楽器をたしなみ、ダンスを踊って……華やかな生活とは無縁だったけれど、この目のおかげでクローディアは彼女たちとは違う特技を手に入れた。

力が強いことだって……悪いことばかりじゃなかったわ。

イザベラさまを守れたもの。

「お節介でなければ……その瞳を治せる医者を私は存じておるのですが」

クローディアはくすくすと笑った。

「まさか。国中の医者が、わたくしの目を見て匙《さじ》を投げましたわ」

「本当です。私はこの通り年寄りなものですから、足だけでなく視力も問題が山積みなのですよ。世界中を旅して、腕の良い医師を何人もあたりました。名医と聞けば幾人もたずねた。カスティア国の名医が、あなたのような症状の患者を治すのを見たことがあるのです。何回か手術をする必要はありますがね」

クローディアは歩みを止めた。

「所在地だけでも、お渡ししておきましょう。宿屋に手帳を置いてきたのですよ。そこにその医師の住所を書きつけてありますから……」

「わたくしは……」

「なに、本当に手術を受けるかどうかは、シスターが決めればよいことですよ。でも選択肢はあったほうがよいでしょう。こう見えて私は手広く商売をやっておりましてね。ひと財産築き上げたが、跡を継ぐ若者がいないのです」

　老人はさらにつづける。

「妻は子どもを残さず先立ってしまいましてね。これからひとり寂しい老後をいかに過ごすかを考えたときに、思いついたのが巡礼の旅です」

「そうだったのですか」

「世界中の教会をめぐりながら、寄付をして回っているのですよ。あなたと出会ったのもなにかの縁だ。もし手術の費用が必要だというのなら、支援しましょう」

「そんな」

「困っている若者に手を差し伸べるのは、年長者にとって当然のつとめだと思っておりますから」

　クローディアは想像した。

　もし、目が治ったら。

　堂々と陽の光の下を歩けたら。

なぜ、彼の顔が思い浮かぶのだろう。

彼が太陽の血を継ぐベルトラムの一族だからか。あれだけ焦《こ》がれた陽の光よりも、アルバートの顔が思い浮かぶなど。

まぶしくても、熱くても、かまわないではないか。

彼はクローディアにとって、太陽よりも圧倒的な存在である。

そしてアルバートは、クローディアのそれを、欠点だとは一度も言わなかった。

それどころか、金の瞳は自分には見られないものを見ることができるのだと言ったのだ。

クローディアは心に太陽を手に入れた。

未来がどうであれ、それだけで構わないと思った。

「……お気持ちはうれしいですが、その必要はありませんわ」

なぜだろう。あれだけ疎《うと》ましく思っていた瞳だったのに。

(目が治ったら、普通の令嬢のように暮らせる。誰にも迷惑をかけずに、堂々と生きられる。なのにわたくしは、いつのまにかそれを望まなくなっていたのだわ)

あきらめたのではない。

暗闇と生きるクローディアごと、受け入れてくれる人と出会えた。それは、この瞳が役に立つと、自分の行動で証明することができたから。

彼のおかげで、言いようのない恐怖のそのかたちを、とらえることができたから。

「……さようですか」

村へたどり着くと、老人は帽子をとって、一礼をした。

「差し出がましいことを申し上げました」

「いえ、そんな。お気持ちはとてもうれしかったですわ」

老人はクローディアの腕から手を離した。

「こちらでもう大丈夫ですよ、シスター。ありがとうございました」

「いいえ、宿までお送りいたしますわ」

「心配ご無用。シスターこそ、早くお戻りを。暗闇がよく見えたとしても、恐怖は思いもよらぬところから忍び寄ってくるものですからな」

老人は、杖《つえ》をかつかつと突きながら、おどろくべき速さで立ち去ってしまった。

（お医者様の話を断ったから、気を悪くされたかしら……）

暗闇がよく見えたとしても、恐怖は思いもよらぬところから忍び寄ってくる――。

あれは、どういう意味なのだろう。

彼の名前を聞きそびれた。きっともう会うことはないだろう。

ぼんやりとしていると、遠くから馬の蹄《ひづめ》の音が聞こえてきた。

ずいぶん飛ばしているようだ。急病人でも出たかと様子をうかがっていたが、彼女は目を丸くした。

「アルバート陛下！」

馬の主《ぬし》は驚きに目を見開いている。

「クローディア」

いななく馬をなだめて降りると、彼はなにか言いたげに口をひらいたり閉じたりしていた。あのアルバートにしてはめずらしいことである。らちがあかないので、クローディアはたずねた。

「わざわざ……陛下がおひとりで？」

「ああ……部下は後からついてくる。俺が速すぎて追いついてこれなかった。のろまなやつらだ」

近くの木々に馬をつなぐと、アルバートは落ち着かないようすであったが、クローディアを見て、一度深くため息をついた。

「どこで道草を食っていた。馬車で移動したにしては、ずいぶんと到着が遅くないか？」

「道中、町を見て回っておりましたの。あの……陛下は……」

「エルデール修道院にお前が戻っていないというので、駐留《ちゆうりゆう》させていた兵を総動員させて捜していたところだ。先ほど母上の馬車を見かけて、急いでこの村まで」

知らない間におおごとになっていたらしい。クローディアは恐縮した。

「……町の人々の姿がまぶしくて、つい時間を過ごしすぎましたわ」

「お前に、渡したい物がある」

アルバートが取り出したのは、手のひらに載《の》るほどの小箱である。

リボンがかかっているが、彼の上着のポケットに入れてあったため、くしゃりと潰れていた。

「……開けてみろ」

クローディアはリボンをほどいた。箱の中に入っていたのは、美しい刺繍《ししゅう》をほどこした眼帯であった。

「これは……？」

「それがあれば、外を歩けるだろう。男がつけるものと違って無骨でもない」

クローディアは眼帯を手に取った。金と紫の糸で、花と草模様が縫い取られている。

クローディアの瞳と同じ色の糸だ。

「お前が、自分の目は悪目立ちすると言っていたから。どうせ目立つのならそれくらいやれ」

「アルバート陛下」

「望む図案があれば、他にも作らせる」

「いいえ。とてもうれしいですわ……ありがとうございます」

クローディアの反応に、アルバートはほっとしたようである。

「ようやく笑ったか」

クローディアは、はっとした。

笑ったのなんて、いつぶりだろう。

ついさっきまで、私は彼を思って泣いていたというのに。

アルバートは、クローディアの感情をいとも簡単に揺すぶってしまう。この世の終わりかのような絶望を味わわせることもあれば、こうして天にも昇るような気持ちにさせることもできる。

なにをおそれるかは自分が決めると思っていたクローディアだが、アルバートによってもたらされる感情は、クローディアの意志を簡単にくつがえしてしまう。

（……わたくしが、素直になれたからなのかもしれない）

自分なんて。彼に望まれる資格などない。もっとすばらしい女性は世の中にたくさんいる。

そう思って、自分を守って、ひとりで苦しみさまよっていた。

周囲の人々の言葉が、行動が、少しずつそんな自分の氷のようなかたくなさを溶かしていってくれたのだ。

「わたくしを迎えに来てくださったのですね」

なぜここに、とは聞かなかった。

そうだと理解できていたから。……理解することができたから。

「お前が母上まで抱きこんで逃げ出すからな」

「申し訳ありません。とても混乱していたのです」

「俺は――」

　アルバートは言葉を切った。

「俺には、お前の歩んできた人生はわからない。抱える辛《つら》さや葛藤《かっとう》もおそらく理解できないだろう。今まで生きてきた道筋が、俺たちはあまりにも違うようだ」

「陛下……」

「だからといって、これからも道がまじわらずに生きるというのは、どうにも我慢がならない。クローディア」

　アルバートは確信を持ったように言った。

「これは勘がはたらいたから、というだけではない。俺と共に来い。光と闇は表裏一体。お前の瞳は、イルバスの闇を逃げずに見つめることができる。かつてそのような男がいた。お祖母さまの王杖、エタン・フロスバだ」

　どのようなときも最悪の状況を予想し、影で王朝を支えた男。

　王は光の当たる場所を歩いていかなくてはならない。

　光が強ければ強いほど、闇の濃さが増してゆく。背後に忍び寄るその影に、誰かが気づかなくてはならない。

どんな時代でも、闇に目をこらすことのできる人物は必要なのだ。

「違う生き方をしてきたからこそ、共にいられるとは思わないか」

「わたくしは、エタン王配と違って、優秀な人間ではありませんわ」

だが、その名を出されたことによって。

クローディアの中でもやもやとしていた「王の配偶者像」が、すとんと腑《ふ》に落ちたのである。

王は民《たみ》のためを想っている。国益のため、民の笑顔のために、なにかを失い、なにかを得ながら、日々を生きている。

エタン王配は、王の守護者であった。

彼はアデール女王を守り抜いた。彼女が世を去るそのときまで。

守る人――それは、クローディアのなりたい自分の姿に、ぴたりと当てはまったのである。

わたくしは、誰かを守れるほどの強い人になりたいのだ。

「女には女の役割がある。それは子を産むだけではないのかもしれない。あの鉱山の事件で、なんとなく……そう思うようにはなった」

アルバートは少し歯切れが悪くなった。

　何が言いたいかというとだな、と彼は続ける。

「恐怖を受け入れることのできる人間は少ない。お前は、自分が思っているよりもずっと、強いということだ」

「わたくしは……」

「その強さは俺を助ける。そして、俺はもともと強い男だから、お前のことも当然助けることができる。俺たちは共にいるべきだ」

「今日の陛下はいちだんと……」

「なんだ」

「言葉数が多いですわ」

「仕方がないだろう。お前には言葉を尽くして説明しなければならないようなのだから。俺は本来こういったことはしない方なんだ。サミュエルみたいに女々《めめ》しいやつと違ってな」

　クローディアは、くすくすと笑った。

　アルバートは真剣な顔つきになる。

「俺と来るか、クローディア」

　知らないことがたくさんある。それはおそろしいことだ。

　恐怖を胸に、生きてゆく。

守るということは、失うかもしれないという恐怖と戦い続けるということだ。それはなにかを得ようとして戦うよりも、もっとおそろしいことなのかもしれない。だがその恐怖は、いつか喜びに変わるだろう。

……彼とならー

「……はい。アルバート陛下」

彼はほっとしたような笑みを浮かべる。

暗闇がすっぽりと包んだ夜。アルバートの持つカンテラが浮かび上がらせるその表情を、クローディアはよりはっきりと見ることができる。

この月の瞳があるから。

「朝になったら、マザーにご挨拶《あいさつ》に行きますわ。……陛下の眼帯があれば、平気ですものね」

「ああ」

アルバートはクローディアの手から眼帯をするりと抜き取り、彼女の耳にかけた。

鏡がないので、どのような姿になっているのか確認できない。

だが目の前のアルバートは満足そうだった。

「どうでしょうか？」

「似合っている。グレン・オースナーのようだ」

「まあ、男性ではないですか。褒《ほ》めていますの？」

「オースナー公を敬愛する俺にとってはなによりの褒め言葉だ」

アルバートの馬に乗せられて、クローディアはエルデール修道院へと向かう。背中に彼の体温を感じながら、彼女はぽつりと言った。

「でも……家臣のみなさまに反対されないかしら。わたくしのこの……」

この瞳がもし子に遺伝したら。

クローディアがおそろしく思っていることは、彼の臣下とて同じくそう思うであろう。

「そういう奴は叩き切るだけだ」

「家臣を大切にされないといけませんわ」

「知っているか。ニカヤではオッドアイがなによりの吉相《きっそう》だそうだ。トリスの家臣から、そのような手紙が届いた」

オッドアイの子は、春の豊かさをもたらすと。

「なにか言われても、自分は春の使いであるとハッキリ言ってやれ」

「まあ」

自分がそのようなあたたかい存在になれるだろうか。

……いや、なるほかない。

このベルトラム王朝は、王の数だけ複雑化している。それぞれの王の伴侶《はんりょ》の人となりやふるまいは、周囲からことさら注意深く見られるはずである。

アルバートは長子。妹弟も王冠を頭上に戴《いただ》いているといえど、彼は現在のベルトラム王朝で圧倒的な存在感を誇っている。クローディアが誤った行動をとれば、他の王たちとの関係に亀裂を生じかねない。

「……陛下、お願いがございますわ」

「なんだ」

「しばしの間、王宮に慣れる時間がほしいのでございます。眼帯をして、堂々と真昼の王宮を歩けるようになるまで。イザベラさまの侍女として、おそばに置いていただくことはできますでしょうか」

「……」

「三人も王がいらっしゃるのです。ましてやわたくしは政治にかんしてはまったくの無知でございます。国政について余計な口出しなどいたしません。しかし三人の王が問題なくつながっていられるような王宮を作ることにおいては、わたくしにもできることがあると思うのです。そのためにわたくしは、もっと知らなければならないことがございます。国王陛下たちをお支えするためにも」

国を守るということは、剣をとることだけでも、知略をめぐらすことだけでもないのかもしれない。

修道院でのクローディアの営み、王たちの営み、イルバスの人々の営み。それぞれが国を支えている。

ならば自分にできることはなにか。積み上げて、紡《つむ》いで、考える。物語のように。

「……」

「あの、陛下……」

アルバートは渋々、といった体《てい》で言った。

「善処しよう」

「本当ですか？」

「お前にしては前向きな提案だからな」

アルバートは、譲歩するということを覚えたらしい。

婚礼の日取りが遅れるだの、すでにクローディアの部屋を王の私室の隣に用意したのにだの、なにやら言っているが、彼女はアルバートの言葉をさえぎった。

「うれしい。感謝いたしますわ、陛下」

――思い出したわ。

夜のお姫さまは、真夜中に遊べる友達をたくさん見つけて……。

そうして、お姫さまの楽しい仲間たちの噂を、多くの人々が聞きつけるの。

太陽の下で生きる者たちを、真夜中の茶会に招待するの。

にぎやかな茶会をひらいて、昼も夜も、幸せで満たされる。

(わたくしも、そうなれたらいいのに)

クローディアだからこそ見られるものがあるというのなら、できるかぎり、ベルトラムの王たちの力になる。

それぞれの王をつなぐ役割。太陽の王たちを結びつけるには、濃い影も必要になるのかもしれない。

アルバート・ベルトラム・イルバス。

彼はわたくしという暗闇に射しこんだ光だ。

「わたくし……覚悟が決まりましたわ。あとは陛下と恋に落ちるだけですわね」

「――は?」

アルバートは、呆けた声をあげた。

「結婚するからには、やはり愛し合う夫婦になることが理想だと思うのです……多くの物語では、王と姫は……わたくしが姫なんていうのはおこがましいですが……恋に落ちるものですし……」

「待て……一度整理しよう」

教会は目の前だ。アルバートはクローディアを馬から降ろすと、たしかめるようにしてたずねた。

「お前は、俺に、恋をしているのではないのか？」

「尊敬しておりますわ」

「俺は、お前のことをどう思っている？」

「『オッドアイで、力持ちだけれど、王妃に向いていると勘が告げる女』……」

アルバートは何度か言葉を呑みこんでから、続けた。

「──なるほど、そうか」

「あ、ふたりとも、強いですわ」

「ある意味お前が最強なのかもしれない」

アルバートはげんなりしたように言った。

眼帯の淑女は、片方の目で不思議そうに彼を見つめかえしていたのである。

＊

港には船が停泊している。

エスメはそれを見上げた。ベルトラム王家の紋章を縫い取った、緑の陣営の旗がはためいている。

「陛下、そろそろ行ってきます」

彼女は振り返り、みずからの王に別れを告げる。

サミュエルは相変わらずのしかめ面《つら》であった。腕を組み、旅支度を終えたエスメをじっとにらみつけている。

彼のそばに寄り添う愛犬のアンですら、主人と同じく険しい表情であった。

「あの……」

「まったく。王杖就任そうそうに、僕の鳥籠から出ていくことになるとはな」

「も、申し訳ありません。ですが！」

エスメは、サミュエルの瞳をまっすぐに見つめて声を張る。

「もっと大きくなって、陛下の鳥籠におさまりきらないくらいになって、帰ってきますので！」

「すでにおさまってないんだよ、お前は」

サミュエルは髪留めを外した。

彼がよくつけている、ペリドットの飾りのあるリボンである。

「後ろを向け」

「あの」

「はやくしろ」

エスメは言う通りにした。サミュエルは、高く結い上げたエスメの髪にそのリボンを挿《さ》しこんだ。

「いいんですか……これ」

「こんなもの、僕はいくつでも持っている。いくらお前がバカ面の鳥だとしてもだ。あんまり自由に飛び回られて、こっちとしてはなにも心配しないわけにもいかないしな」

「ええと、つまりは」

サミュエルははあ、と残念そうなため息をついた。

「つまり、とか言う時点で情緒《じょうちょ》を欠いているとは思わないのか」

よくわからないけれど、サミュエルは自分の持ち物をエスメによこした。

（お餞別《せんべつ》……ってことでいいのかな）

少しだけ重たくなった髪の結び目をいじってから、エスメはにこにこと笑う。

「ありがとうございます。実はいつもきれいだなって思っていたんです、これ」

「そうか」

サミュエルは淡々と答える。

「手紙はきちんと書けよ。毎日。まとめて届いても読むから」

「はい」

「姉さまの言うことはきちんと聞け」

「わかっております」

「姉さまがそばにいるから大丈夫だとは思うが、もう男装してないんだから警戒しろよ」

「わかってますって」

「わかってないだろ」

「わかってます！」

エスメはどんと胸を叩いた。

「女でも、しっかり仲間を率いることができるように。そのためのニカヤ訪問です！」

ベアトリス女王に、女が人の上に立つことのなんたるかを教えてもらうため。

エスメはニカヤをたずねることにしたのである。

マノリト王を支えるニカヤ女伯《じょはく》、ベアトリス。彼女を中心としてもうひとつの国家がまわっている。学ぶべきことはたくさんあるはずだ。

彼女の象徴となっているレイピアの柄《つか》に手をかけ、エスメは顔を上げた。

きりりとしたまなざしで、王に誓う。

「必ずあなたにふさわしい王杖になります、サミュエル陛下。私の王はあなただけ。あなたにとっての王杖も、私だけでありたいのです」

サミュエルは組んでいた腕をほどいて、エスメを抱き寄せた。

ふわりとした薔薇《ばら》の香りが、鼻をかすめる。

「陛下」

「……マノリト王は問題を抱えているそうだ。お前ならもしかしたら、彼の世界を変えられるかもしれない。僕の世界を変えたように」

おそらく、ベアトリスはただ弟の王杖を育てるためだけにニカヤ訪問を許可したのではない。

彼女は打算なしには動かない。女王としてそうあらねばならなかった。

「私はサミュエル陛下の臣下であると同時に、このイルバスの臣下です。ベアトリス陛下のご期待に応《こた》えられるように頑張ります」

サミュエルはかすかな声になった。

「王にとって問題なのは、手に入れたなにもかもを、国のために放す決断をしなくてはならないことだ。お前のことも」

「私は必ず戻って、陛下の手放したものを拾い上げます」

エスメは彼の背中を抱く。

名残惜《なごりお》しいが、そろそろ出発だ。

ふたりは体を離すと、ほほえみ合った。

「帰ってきたら、そろそろ改めて話したいことがある」

「今じゃだめなのですか」

これからしばらく国に帰れない。サミュエルにそのようなことを言われたら、ニカヤにいる間中気になって仕方がないではないか。

「せいぜい気にしてろ。それくらいしてもらわないと不公平だ」

サミュエルはエスメの肩を小突く。

「言ってこい。じゃじゃ馬娘が」

「――はい。サミュエル陛下、行ってきます！」

髪のリボンを揺らし、エスメは駆け出してゆく。

潮風が王のマントをなびかせる。エスメを乗せた船が動き出すまで、彼はじっとその場を動かなかった。

――行ったか。

エスメのやつ、本当にさっさと行きやがったな。

足元でアンが寂しそうに鳴いている。

彼女がいないと、周りが静かで仕方がない。クリスやフレデリックのおかげでにぎやかになってきた緑の陣営だが、彼女の明るさには敵《かな》わない。

遠くからなりゆきを見守っていたベンジャミンが近寄ってきて、からかうようにほほえむ。

「今日こそ求婚なされるかと思いましたのに」

「うるさい」

リボンを与えたけれど、彼女は意味なんてわかっていないんだろう。

離れたくないと思っているのが自分だけだというのが、ただ腹立たしい。

「まあ、あんなものでもないよりは良いだろう」

あのリボンは、サミュエルが公式行事でもっとも多くつけているものである。見る者が見れば彼の持ち物であるとわかるだろうし、すくなくとも姉や彼女の王杖のギャレットなどはすぐさま気がつくはずだ。

エスメに悪い虫がつくのを防いでくれるだろう。

「さっさと求婚しておけば、そのように気を回さずとも済んだのに」

「黙れ」

サミュエルは機嫌を悪くすると、歩き出した。

次に会うときは、どんな彼女になっているだろう。

エスメは変化の星だ。驚くほど魅力的になって帰ってくるかもしれない。

「――僕も、あぐらをかいてはいられないな」

このところ兄も、花嫁のことで忙しいようだし。

しっかりしておかなくてはならない。もう留守役をまかせられるだけの王となったのだから。

「戻るぞ、ピアス」

サミュエルは歩き出した。

本当に、帰ってきたら、おぼえてろよ。

狼狽《ろうばい》するエスメの顔を思い浮かべ、彼はいつのまにか笑みを浮かべていた。

＊

常春の国、ニカヤ。

ギネスは地図をながめ、深いため息をつく。

イルバスの同盟国であるニカヤの情勢は不安定だ。今はベアトリス女王以下、赤の陣営の助力のもと、ようやく国の体裁《ていさい》を保っているにすぎない。

幼君マノリトはなかなか表舞台に姿をあらわさず、ニカヤ国民にはさざ波のように不安が伝わっている。

「サミュエル王の王杖エスメ・アシュレイルはニカヤへ向かったそうです」

「そうか」

ジュストは葉巻をくゆらせた。

彼は人の好《よ》い老資産家ではなく、「殿下」の顔をしていた。

かつてイルバスの宮廷をひっかきまわした王女・ミリアムゆずりの苛烈《かれつ》さが、今だけは見え隠れしている。

「本当に……うまくいくのでしょうか」

ギネスもまもなく出発する。

政情不安定なニカヤ、そしてそれに足を引っ張られるようにして、イルバスの統治から身を引かなければならなくなったベアトリス女王。

狙うべきはアルバートとサミュエル、ふたりの男王が立つイルバスではない。

「赤」の女王とこの弱き国、ニカヤであると――。

「ギネス殿。心配することはなにもありません。ニカヤはもともとよせ集めの国。少し均《きん》衡《こう》が崩れるだけで、あっという間に破滅への道へと進むでしょう」

その均衡を安定させるために、ベアトリスはニカヤにとどまっていた。

だが彼女は苦戦している。よその王が異国の宮廷に入ることの難しさを身をもって経験しているはずだ。肝心のマノリト王は心を閉ざし、ますますベアトリスへの風当たりは強くなっている。

「イルバス女王の介入をよく思わないニカヤ人は、もちろん多く存在します。彼女は今やニカヤの必要悪になりつつある。だが、悪は悪だ」

煙を吐き出し、ジュストは目を細めた。

「まずは、王をひとりずつ引きずり落とす」

「殿下」

「ベアトリスからだ。アルバートの庇護《ひご》から抜け、サミュエルの援護は届かない」

「しかし、アシュレイル女公爵があちらへ向かわれました」

「あのような小娘が何の役に立つ。むしろイルバスの緑の陣営まであちらに介入してきたと思われて、ニカヤ国民の心証を悪くするだろう。そのように仕向ければいい。――あなたが」

ニカヤで革命を起こす。

それがギネスに与えられた使命である。

「……クローディア・エドモンズはいかがでしたか」

ジュストに向けられた、ぎらりとした視線に耐えられず、ギネスは話題をそらした。

彼はクローディアに接触した。

未来のイルバス王妃。今や宮廷中が彼女の噂で持ちきりである。

修道院の隠者から、眼帯の淑女へ。イザベラ王太后の後ろ盾もあつく、将来的にはもっとも安定した王の伴侶となるかもしれない。

「面白い人物だった。私を見て、なにか気づいていたようだ」

金の瞳がジュストをとらえたとき、彼女の中になにかが走ったのを、彼は見逃さなかった。


「アルバートに負けず劣らず、彼女は勘にすぐれているのかもしれない」

「内気な修道女だと、あの村の者は噂していたようですが」

「内気な修道女は、四日も坑内をさまよって男たちと渡り合おうとはしない」

しかし、頑丈な女ほど、壊しがいがあるというものである。

クローディアだけではない。

「信じていた民に裏切られ、支配者として恨まれるがいい。ベアトリス」

ジュストはかつかつと杖を鳴らす。

次の獲物は決まった。あとは行動するだけだ。

赤い王冠は、本来は彼のものなのだから。

＊

「聞いておりませんわ、陛下」

非難がましくクローディアは口をひらいた。

青の陣営、アルバートの執務室である。

入室の許可を得るなり、クローディアはつかつかと歩み寄ってきた。顔を彩る眼帯は、彼女の儚《はかな》げな美しさをより引き立たせる。

アルバートはそれをぼんやりとながめた。

そのうち、ご婦人たちの間で眼帯ファッションが流行《はや》りそうである。目も悪くないのに眼帯をつけて舞踏会に参加する娘たちが増えるかもしれない。

彼女の言葉を聞き流していると、ますますむきになったようにクローディアはこぶしを握りしめる。

「来月には婚約発表とうかがいました。話が違いますわ」

「話？」

「わたくしをしばらくの間はイザベラさまの侍女にしてくださると……」

「ああ、それか。覚えているぞ」

クローディアは、どうやら自分のことを尊敬はしているものの、惚《ほ》れているわけではないらしい。

これは大変危険である。自分に惚れているのなら話は簡単なのだが、尊敬程度では心許《こころもと》ない。ほかの男がポッと出てきてクローディアをたぶらかし、「この人に恋をしましたわ」などと報告されてはたまらないではないか。

なにしろ変わった女なので、どういう行動に出るかまったく予想がつかない。還俗《げんぞく》させるのははやまったかもしれないと思うほどである。

クローディアに恋の呪縛をかけるのは、なかなかに難しいことのようだ。どこかの不出来な弟と似たような展開になっていやしないか。まさか兄弟だから、同じような女に振り回されるのか。

しかし、俺は弟と違って手をこまねいているだけではない。

こういうときは、即座に外堀を埋めるほかあるまい。

「花嫁修業は母上に任せることにした。よかったな、お前の大好きなベラさまから、王妃としての心得を教わるといい」

「侍女のお仕事と花嫁修業をすることとはまったくの別ものです」

「母上は乗り気だ。誰も反対しない、お前以外はな」

クローディアを、イザベラのそばに置くことにかわりはないが、それまでふたりの関係を伏せておくことはしない。

「おかげで宮廷中が噂でもちきりで、わたくしは……」

「よかったじゃないか。注目されるというのは気持ちがよいものだ」

「わたくしはよくはありませんわ。一年程度は猶予《ゆうよ》があるかと……」

「お前の両親は喜んでいたようだが」

書類を決裁しながら、アルバートは思い出す。

エドモンズ伯を呼び出し、「お前の娘をもらうことにした」と言ったときの、あの表情。

「エドモンズも食えない男だ。驚いたような顔をしていたが、すぐに取り澄ました態度をとっていたぞ」

——娘は私の宝です。隠していたのに見つけられてしまうとは、さすがアルバート陛下でございます。

差し出された宝よりも、自分で見つけ出した宝の方が、ことさらよく見える。

まさかそれを見越して娘を舞踏会へ出さなかったのでは……。

（いや、食えない男だ）

なにせアルバート気に入りの軍師である。退屈な手は打たない。

聞けば、ウィルにイザベラの静養先としてエルデール治療院を提案したのは、エドモンズ伯だと言う。

クローディアは、「父はわたくしに恥をかかせないようにするために、修道院へ送ったのです」と言っているが、彼は必ずしもそのような考えではなかったのではないかと思える。

「母は見たこともないくらい興奮していて、おなかの子に障《さわ》りがないか心配です……」

アルバートはペンを置き、立ち上がった。

「今日は曇りだ。少し外を歩こう、クローディア。俺が日傘を持ってやる」

「陛下、わたくしはここに抗議しにまいりましたのよ」

「抗議は歩きながら聞こう」

アルバートにとって、クローディアの抗議は抗議ではない。鳥のさえずりのようなものだ。

アデール女王と違い、俺は鳥籠の蓋《ふた》を開けておくような寛容な男ではない。

「そして、謝罪をしなくてはなりませんわ。婚約発表のことであまりにもおどろいたので、力を入れて歩いていましたら、床にヒビが入ってしまいました」

折れたヒールの靴を片手でぶら下げて、クローディアが申し訳なさそうに言う。

「あの……下働きで弁償いたしますから……」

「下働きはしないでよい。……すぐに修繕させる」

ただし、クローディアは一筋縄でいく女ではない。あまりに束縛すると、力ずくで鳥籠を飛び出してしまいかねない。そのため、隙間くらいはのぞかせてやってもよいと思っている。

これも、彼女によってもたらされた変化といって良いのかもしれない。

エピローグ

真夜中である。

ベアトリスは海岸に立っていた。彼女の側《そば》に寄りそうように、ギャレットが水平線の向こうをにらみつけている。

船はゆっくりとこちらに近づいてくる。

ニカヤは夜でもあたたかい。カンテラの灯火が柔らかく揺れる。

「私のギャレット」

「なんでしょう」

「新しい子が来ても、嫉妬《しっと》しちゃだめよ」

「しません」

ギャレットは眉を寄せて、生真面目《きまじめ》に言う。

その様子に、ベアトリスはからかうようにして返す。

「嫉妬してくれないなんて寂しいわ」

「陛下、お気をつけください。これ以上イルバスの臣下をニカヤ宮廷に入れてはいけません。これはサミュエル陛下たっての頼みで仕方なくお受けしましたが――」

「わかっているわ」

「これは嫉妬ではない。王杖としての忠告です」

ニカヤ王室はぎりぎりのところで均衡を保っている。だが、そろそろ限界だろう。

マノリト王は回復しない。王が表に出なくなってしばらく経つ。

憶測が憶測を呼ぶ。

マノリト王はもう、イルバスの女王の傀儡《かいらい》とされてしまったのではないかと――。

「失礼しちゃう。私の嵐はこんなところでみだりに風を吹き鳴らしたりしないわ」

到着した船に、渡り板がかけられる。

――ついに来たわね。

ベアトリスは目を細める。

いの一番に飛び出してきたのは、まだ冬の匂いをまとった少女であった。

エスメ・アシュレイル。サミュエルが選んだ王杖。

快活で可憐《かれん》で、無邪気。

女性というだけでなく、今までのイルバス国王の王杖には、いなかったタイプの人間である。

彼女はベアトリスの姿を見るなり、深く礼をした。

「このような夜中に、女王陛下みずからお出迎えしてくださるとは――」

「エスメ。遠路はるばるご苦労様だったわね」

「サミュエル陛下から、缶詰やハーブを預かっております。先だっての鯨肉の御礼です。ニカヤのみなさまにご賞味いただけたらと思って……」

「ありがとう」

ベアトリスはほほえんだ。

エスメはそれを受けて、少し照れたように顔を赤らめる。

子犬のような可愛らしい少女。だからこそ宮廷では生きづらいのだろう。あの場所でエスメの美徳は、誰よりも彼女自身を傷つける。

しかし、ベアトリスはエスメから「エスメらしさ」を奪い取ることは、どうしてもしたくなかった。

イルバスにもニカヤにも新しい刺激が必要だ。

「まあ」

ベアトリスは、エスメの髪に触れた。

ペリドットの宝石つきのリボンは、弟の気に入っている品である。

「サミュエルったら、心配性なのね」

「あの……」

「安心なさい。悪い虫はギャレットがすべて追い払ってくれますからね。おかげでニカヤの男性たちは私を怖がって近寄ってこないのよ」

「……」

ギャレットは黙っている。女王に取り入ろうとすりよってきた男たちをはねのけているのは間違いがないので、否定もしない。

サミュエルのためにも、エスメを立派な女傑《じょけつ》にしなくてはならない。

そして、危険だとわかっていながらエスメを受け入れた理由はもうひとつある。

（……腐りきった緑の陣営を、彼女は壊してみせた）

己の繭《まゆ》の中に閉じこもってしまったマノリト王。

流星のように勢いに乗って、サミュエルを救い出したエスメ。

ふたりが合わされば、変化が起こるかもしれない――。

ベアトリスとギャレットでは手が届かなかった希望を、荒削りでもまっすぐな彼女なら。

「それでは、エスメ・アシュレイル。今だけ一時的に、あなたを赤の陣営でお預かりするわ」

「よろしくお願いします、ベアトリス女王陛下」

ふたりの視線が重なる。

彼女の瞳の色に、ベアトリスはわずかに郷愁《きょうしゅう》を覚えた。

曇り空のような灰色。イルバスの、厳しい自然を知っている瞳だ。

エスメは期待をこめたまなざしを向けている。

「明日からさっそく公務の手伝いをしてもらう。詳しいことはザカライアから聞いてくれ」

「わかりました、ピアス公爵」

「ここではパルヴィアと呼べ。それがニカヤでの俺の名だ」

ギャレットが、歩きがてらさっそくエスメにあれこれと教えこんでいる。

突風がベアトリスの髪を乱暴にさらってゆく。

砂埃《すなぼこり》が舞い上がり、ドレスや靴をざらざらと汚す。

——嫌な風だわ。

ざわざわと、なにかが忍び寄ってくるような、不快な音をたてて木々が揺れる。

ニカヤはもうすぐ雨季。

もっとも暑く、もっとも不吉な季節が、すぐそばまで迫っていた。

※この作品はフィクションです。実在の人物・団体・事件などにはいっさい関係ありません。

集英社オレンジ文庫をお買い上げいただき、ありがとうございます。
ご意見・ご感想をお待ちしております。

● あて先
〒101-8050　東京都千代田区一ツ橋2-5-10
集英社オレンジ文庫編集部 気付
仲村つばき先生

クローディア、お前は廃墟を彷徨《さまよ》う暗闇の王妃

集英社
オレンジ文庫

2021年9月22日　第1刷発行

著　者　仲村つばき
発行者　北畠輝幸
発行所　株式会社集英社
〒101-8050東京都千代田区一ツ橋2-5-10
電話【編集部】03-3230-6352
【読者係】03-3230-6080
【販売部】03-3230-6393（書店専用）
印刷所　株式会社美松堂／中央精版印刷株式会社

ISBN 978-4-08-680407-3 C0193